D+

dear+ novel

akiramekirenai koino hashi・・・・・・・・・・・・・・

諦めきれない恋の橋

海野 幸

新書館ディアプラス文庫

諦めきれない恋の橋

contents

illustration : 陵クミコ

諦めきれない
AKIRAMEKIRENAI KOINO HASHI
恋の橋

金曜の夜、スーツ姿の客が多い居酒屋のカウンターに、どんとビールのジョッキが置かれる。早速《さっそく》持ち手を握りしめ、ジョッキを傾けると滑《なめ》らかな泡が口の中に滑《すべ》り込んできた。

二月初旬。外は寒いが店内は蒸し暑いくらいに暖房が利《き》いて、冷たいビールが格別に美味《うま》い。尚哉《なおや》は喉《のど》を鳴らしてビールを飲む。

「藤生《ふじお》、空《す》きっ腹で飲むと酔いが回るぞ」

隣の席に座っていた高峰《たかみね》がジャケットを脱ぎながら言う。まだ料理も運ばれていないのにジョッキの半分を空《あ》けてしまった尚哉に呆れているようだ。

尚哉は口元についた泡をおしぼりで拭《ぬぐ》い、「飯を食うと酒が入らなくなる」と返した。

「酒を優先させるな。ちゃんと食え」

「ビールで十分満腹になるんだからいいだろ」

高峰が無言で眉根を寄せたところで店員が料理を運んできた。のそりと振り返った高峰を見て、店員が若干《じゃっかん》表情を強張《こわば》らせた。高峰の強面《こわもて》に怯《ひる》んだのかもしれない。

高峰は大柄な上に表情が乏《とぼ》しく、ともすれば気難しそうな人物だと思われがちだ。実際は表情が硬いだけの善良な男で、今も店員に「どうも」と会釈《えしゃく》をしている。

「……これ、メニューの写真と違うな」

店員が下がるのを待ち、高峰がぼそりと呟いた。運ばれてきた大皿には、ワンタンの上に大量の葱《ねぎ》が盛られている。

「そうだな、やたら葱が多い」

「藤生が一緒だと毎度サービスが凄《すご》い」

「俺？　なんで」

「お前が男前だから、サービスしてくれたんだろう」

高峰が目を眇《すが》めるようにして笑う。無表情が基本装備のような男なので、わずかな笑みにもどきりとした。慌てて目を逸《そ》らし、「誰が男前だ」と笑い飛ばしてビールを飲む。

「高峰がサービスされたかもしれないだろ」

「俺が優遇される要素なんてどこにある」

あるだろ、と言いたくなるのをぐっとこらえた。

ぱっと見では華がないと思われがちだが、これで高峰は端整な顔立ちをしている。鼻筋は通っているし、薄い唇は形がいい。目尻が長く切れ込んだ目元も涼しげだ。

まるでいぶし銀のようではないか。十分鑑賞に堪《た》えうる顔立ちをしているくせに、本人が自覚していないのがもどかしいような、自分だけ知っていたいような、複雑な心境だ。

対照的に、尚哉はわかりやすく整った顔立ちをしている。華やかな二重《ふたえ》に高い鼻。愛想《あいそ》のなさは高峰とためを張るにもかかわらず、きらきらしい外見のせいか飲食店に行くとよく盛り付けをサービスされる。ありがたくもないことだが。

高峰が取り分けてくれたワンタンに箸《はし》をつけることもなく酒を飲んでいると、咎《とが》めるような視線が飛んできた。

高峰は口数が少ない分、目が雄弁《ゆうべん》だ。

少しくらい食べろ、と視線で促《うなが》され、渋々葱だけつまんで口に放り込んだ。

「……お前は相変わらずだな」

「腹が減ってないんだから仕方ないだろ」

「藤生が腹を空かせてる姿を一度でいいから拝《おが》んでみたいもんだ」

呆れられるのも無理はない。尚哉の偏食《へんしょく》と小食は筋金入《すじがねい》りだ。食べられないほど嫌いな物はないが、食べなくていいなら極力食べたくないのが本心で、食事は栄養補助ゼリーやクッキーで済ませることが多い。こうして居酒屋に入っても注文するのはもっぱら酒で、つまみの類《たぐい》は高峰任せだ。

それでいて、尚哉は小柄でもなければやつれてもいない。長身の高峰と並んでも見劣りしない背格好で、日常生活に支障もない。おかげで食事に対する積極性は欠けていく一方だ。

「気が向いたらワンタンも食べてみろ。美味いぞ」

「だったらお前が全部食べろよ」

「言われなくても残りはもらう」

高峰は大皿を手元に引き寄せ、大量の葱とワンタンをざっくりと箸で掴んだ。

大きな一口にワンタンが消えていく。気持ちのいい食べっぷりだ。酒の肴《さかな》にちょうどいい。黙々《もくもく》とワンタンを食べる横顔を眺め、前髪が伸びたな、と思う。切りに行く暇もないのだろうか。

「最近、忙しいか?」

高峰が取り分けてくれたワンタンにようやく箸を伸ばして尋ねれば、「学生時代と比べれば」と返された。

口調こそぶっきらぼうだが、落ち着いた低音は耳に心地いい。この声を、学生時代は毎日のように聞いていたのだ。あの贅沢《ぜいたく》な日々が懐かしかった。

尚哉と高峰は小学校から大学まで同じ学校に通っていた。大学の学部は違ったが、在学中はこうしてよく一緒に飲んだものだ。

去年の春に大学を卒業し、尚哉は電子機器メーカーの営業部に、高峰は自動車メーカーの製造管理部に就職した。

卒業後はさすがに会う頻度《ひんど》も減ったが、なんだかんだと月に一度くらいのペースで飲みに来ている。

早々にジョッキを空《から》にして新しいビールを注文すると、高峰に渋い顔をされた。

「食べながらにしろ。新年会もその調子で飲んで酔い潰れてただろう」

痛い所を衝《つ》かれて肩を竦《すく》める。

高校時代の友人たちで集まって、新年会を開いたのは先月のこと。親しい顔ぶれに気が緩《ゆる》んだのか、あの日は随分酔いが回るのが早かった。最後の方は記憶も曖昧《あいまい》で、どうやって家に帰ったのかわからない。

「行き倒れにならなかったからいいだろ。目が覚めたらちゃんと自宅のベッドにいたし」

「……でも、覚えてないんだろう？」

「覚えてないけど、新年で浮かれてたんだよ。いつもはあんな飲み方しない」

実際は浮かれていたというよりもやけくそになっていただけなのだが、個人的な話だ。高峰に話すまでもない。

「それより、高峰は飲まないのか？」

高峰が飲んでいるのはウーロン茶だ。いつもなら尚哉と一緒に酒を頼んでいるのに。

「まさか具合でも悪いとか……」

「そういうわけじゃない」と否定されたが、どことなく口調が重い。何かあったのかとしつこく尋ねると、渋々高峰も口を割った。

「しばらく、禁酒しようと思う」

「なんで」

「……飲みすぎて失敗した」

「お前が？　まさか」

高峰は酒に強い。学生時代の飲み会でも、あまりに顔色が変わらないので周囲から「本当に飲んでるのか？」「焼酎《しょうちゅう》じゃなくて水でも飲んでるんじゃないか？」と問い詰められていたくらいだ。

「会社の飲み会で何かやらかしたのか？」

「まあ……そんなところだ」

あまり触れてほしくない話題らしい。高峰の表情はほとんど変わっていないが、雰囲気でわかる。なにせ十年来の付き合いだ。

しかし高峰が禁酒とは。日本酒が好きで、学生時代は酒蔵見学にまで行っていた男だ。就職してからは、「これがあるから明日の仕事も頑張れる」と真顔で言って一合数千円の酒を飲んでいた。

（あれだけ好きだったものを、そう簡単にやめられるもんなのか？）

ウーロン茶を飲む高峰の横顔は深刻だ。どうやら軽い気持ちで禁酒に踏み切ったわけではないらしい。

高峰は意思が固いし、やめると決めたらやめるのだろう。その潔《いさぎよ》さが羨《うらや》ましかった。

尚哉は手元のジョッキを睨みつけると、よし、と低く呟く。

「だったら、俺もつき合う」

重々しく宣言すると、高峰に怪訝《けげん》そうな顔を向けられた。

「お前まで禁酒するのか？」

「いや、俺がやめるのは酒じゃない」

「じゃあ、何をやめるんだ？」

不思議そうな顔で尋ねられ、そんなもん決まってる、と胸の中で答えた。

（見込みのない片想いを続けることだ！）

尚哉の片想い歴は長い。

そしてその相手は、隣でのんきにウーロン茶など飲んでいる高峰その人なのだった。


小学五年生の夏休み、尚哉は父の仕事の都合で転校をした。随分と中途半端な時期ではあったが、尚哉と両親、同居していた祖母の四人で揃って引っ越した。

妙な時期に現れた転校生は教室で浮いていて、友達もできないまま冬を迎えた。

三学期が始まると、校内で『食べ残しゼロ月間』なるイベントが始まった。フードロスをなくしましょう、と啓蒙《けいもう》するイベントだ。

食べ残しゼロ月間中は、クラスごとに給食の残飯量を調査する。生徒たちは競《きそ》って給食を完食しようとしたが、当時から尚哉の偏食はひどかった。イベント中だろうとなんだろうと、食べられないものは食べられない。おかずはほとんど残してしまうので、クラスメイトからはブーイングの嵐だった。

結局、尚哉のクラスは学年で最下位の成績を残し、ただでさえ浮いていた尚哉に対する風当たりは強くなった。

尚哉が体育の授業中に貧血を起こして倒れたのはそんなときだ。朝食を食べていなかったのが悪かったのか、普段の偏食が原因か。どちらにしろクラスメイトたちの目は冷ややかだった。食べ残しゼロ月間で不名誉な最下位を取った直後で、自業自得と言わんばかりの顔をされた。

尚哉も周りから恨まれている自覚はあったので、ふらつきながらも自力で保健室へ行こうとした。

そこに立ちはだかったのが高峰だ。

高峰は当時から体が大きく、同年代のクラスメイトに比べると寡黙《かもく》で、正直言うと怖かった。面と向かって非難でも浴びせられるのかと思ったが、高峰は大股《おおまた》で尚哉のもとまで来ると『大丈夫か』と言って肩を貸してくれた。

保健室へ向かう途中、尚哉が吐き気を覚えて何度も立ち止まっても、高峰は急《せ》かすことなく肩を貸し続けてくれた。

さすがに申し訳なくなって、昇降口で靴を脱ぎながら『ごめん』と高峰に謝った。食べ残しゼロ月間で学年最下位になったときでさえ、クラスメイトたちに謝らなかったのに。

それまで無言を貫《つらぬ》いていた高峰がこちらを見る。無表情で見詰められ、責められているのかと肩を縮めたら、ふいにその表情がほどけた。

『藤生のおかげで持久走がサボれた』

他の生徒や教師の視線を気にする必要がなくなったからか、高峰は目元を緩めて『むしろラッキーだ』と笑った。

直前までが不機嫌そうな無表情だっただけに、突然の笑顔は鮮烈だった。

それは尚哉の目にくっきりと焼きついて、忘れられないまま数日が過ぎ、数ヵ月が過ぎ、数年が過ぎて、未だに尚哉の胸を焦《こ》がし続けるのだった。

来月の三月十三日、尚哉は二十三歳の誕生日を迎える。

尚哉が高峰への恋心を自覚したのは十一歳の誕生日を迎える直前のことで、去年の誕生日にふと『もう人生の半分も高峰に片想いをしているのか』と気が付いて、ぞっとした。

初恋なんて熱病のようなもので、そのうち消えてなくなるだろうと思い続けて早十一年。次の誕生日を迎えれば、いよいよ片想いをしている期間が年単位で人生の半分を超える。

これはさすがにまずいのではないかと思った。このままでは棺桶《かんおけ》の中まで初恋を引きずる羽目になりかねない。

そんなことを思っていた矢先、高峰が禁酒を始めた。会うたび飲んでいた酒をやめるなんてよほどのことだ。ならば自分も便乗《びんじょう》しようと、高峰への想いをすっぱり断ち切ることにした。

とはいえ高峰本人にそれを打ち明けることはできないので、表向きは「独り身でいることをやめる」と宣言しておいた。

ちょうど会社の同僚から合コンに誘われていたのでそれに参加すると告げると、高峰は珍しく驚きを露《あら》わにした。学生時代、尚哉がその手のイベントに全く興味を示さなかったことを知っていたからだろう。

男の面子《メンツ》が足りないと同僚が嘆《なげ》いていたのを思い出し、高峰も合コンに誘ってみた。

高峰の恋愛対象は異性だ。学生時代に彼女がいたから知っている。今は特につき合っている相手もいないらしいが、いっそ新しい恋人でもできてくれた方が諦めもつく。

高峰は戸惑った顔をしたものの、尚哉のやる気に水を差すのも悪いと思ったのか、合コンに参加してくれることになった。

そんな流れで迎えた翌週の金曜、仕事終わりの二十時に合コンはスタートした。

幹事は尚哉と同じ会社に勤める芝浦《しばうら》だ。メンバーは男女ともに四名ずつ。全員仕事帰りで、男性はスーツ、女性もブラウスにジャケットという落ち着いた服装だ。

「それでは、まずは乾杯ということで！」

男女に分かれて長テーブルを挟み、芝浦が乾杯の音頭《おんど》を取る。

尚哉も隅の席でグラスを上げるが、開始早々目が死んでいる。高峰への想いを断ち切るべく合コンに挑《いど》んだものの、いざ女性たちを前にしてもまったく食指《しょくし》が動かない。

女性に興味が持てないのか、高峰以外眼中にないのかは自分でも定かでなかった。初恋の相手が高峰で、それ以外まともに誰かを好きになったことがないせいだ。

ビールを飲みながら、同僚二人を挟んだ向こうに座る高峰を盗み見る。

飛び入り参加の高峰を同僚たちは快《こころよ》く迎えてくれ、旧知の仲のような親しさで飲んでいる。高峰も女性たちと和《なご》やかに会話をしているようだ。大きな唐揚《からあ》げを一口で頬張《ほおば》る横顔から目を逸らし、早々にコップを空にした。

学生時代も高峰と合コンに参加したことは何度かあったが、そういうとき尚哉は必ず高峰の隣を陣取《じんど》った。高峰狙いの女性たちから高峰をガードするためだ。高峰を座敷の隅に追い込み、その隣を死守し続けた。

(……何をやってたんだか)

当時を思い出して苦い笑みをこぼしたところで、正面に座る女性に声をかけられた。

「あの、グラス空いてますけど、何か注文しましょうか……?」

顔を上げれば、長い髪を肩から垂らした大人しそうな女性がこちらを見ていた。自己紹介で、兼森《かなもり》と名乗っていただろうか。

「ああ、ありがとうございます。じゃあビールを……芝浦は?」

「あ、俺もビールで！　そっちも飲み物足りてます?」

隣に座っていた芝浦にも声をかけると、早速芝浦も会話に交ざってきた。いつもなら黙って眺めているところだが、今日は尚哉も笑顔を作って会話に参加する。

(合コンでこんなにちゃんと女性と喋《しゃべ》ったのは初めてかもしれないな)

同じテーブルには高峰もいるのに。この状況で高峰を視界に収めずに過ごしていることすら珍しい。

(もしかしたら本当に、このまま高峰を諦められるかもしれない……)

一縷《いちる》の望みに縋《すが》りかけたそのとき、斜め上からふっと影が差した。

「お前、また飯も食わず酒ばかり飲んでるな?」

聞き慣れた低い声がした瞬間、背筋にびりびりと痺《しび》れが走った。視線を上げれば、背後に高峰が立っている。

「席替えだそうだ。ひとつ席詰めてくれ」

見れば先程まで高峰が座っていた席に同僚が座り、尚哉たちも移動するよう手招きしている。すぐに芝浦がひとつ席を移し、尚哉も引っ張られて隣の席に移動した。コップと箸を持ってきた高峰も「失礼」と兼森たちに一声かけて椅子に座る。

尚哉はなんとか顔面に笑顔を貼り付けたまま、ビールの入ったコップを握りしめる。高峰と隣り合っている左半身だけがやけに熱いが、顔色に出てしまっていないだろうか。

これほど長いこと抱え込んでいる恋心など摩耗《まもう》してもよさそうなものを、高峰の隣にいるといつだって鮮烈に胸が高鳴る。社会人になって、会える回数が激減した後は特にだ。

向かいに座る女性陣は、突然割り込んできた仏頂面《ぶっちょうづら》の高峰を多少警戒しているらしい。一方の高峰は女性たちには目もくれず、尚哉の前に置かれた取り皿に手を伸ばし、水菜《みずな》と豆腐のジャコサラダを盛り始めた。その皿を、ドンと尚哉の前に置く。

「食え。豆腐だけでも。タンパク質とっとかないと酔いが回るぞ」

尚哉が酒ばかり飲んでいるのを離れた席から見ていたらしい。女性への挨拶《あいさつ》もそこそこに次のおかずを取り分けようとする高峰の腕を慌てて引っ張る。

「い、いらん。余計なことをするな」

「また倒れたいのか。ほら、肉も食え」

「いらんと言ってるだろうが……！」

ぐいぐいと尚哉に取り皿を押しつける高峰を見て、斜め前に座っていた兼森が思わずといったふうに噴き出した。その隣にいた女性も「なんか高峰さん、藤生さんのお母さんみたい」と笑う。

強面の高峰は第一印象があまり良くない分、ちょっとした言動でその評価がひっくり返りやすい。今も、尚哉のために甲斐甲斐《かいがい》しくつまみを取り分ける姿に女性陣は好印象を抱いたようだ。

高峰はカナッペやチーズを皿に盛り、渋い顔で「藤生とは長い付き合いなので」と返す。

「長いって、どれくらいですか？」

「小学生の頃から。こいつ昔から偏食がひどかったんです。給食もろくに食べないからよく貧血起こして、俺が保健室まで運んでました」

つらつらと昔のことを喋る高峰の横で、尚哉は眉間《みけん》を狭くする。女性陣の前で格好のつかない昔話を披露《ひろう》されたからではない。高峰のやっていることが、学生時代に自分がやっていたこととそっくりで居た堪《たま》れなくなったからだ。

学生の頃、合コンの最中に高峰が他の女性と盛り上がっていると、尚哉は必ず間に割り込んで高峰の気を惹《ひ》くような話題を提供した。女性と喋るより俺と喋っている方が楽しいだろうとアピールするように。のみならず、自分と高峰は小学生の頃からの付き合いだと公言して、自分たちの間に割って入れるのかと女性陣を牽制《けんせい》してさえいた。

当時の己《おのれ》の言動がどれほど痛々しかったか目の当たりにした気分だ。耐え切れずビールを呷《あお》れば「おい」と高峰に咎められた。

「何か食べろって言ってるだろう」

「構うな……！」

「高峰さん、本当にお母さんですねぇ」

向かいに座る女性が笑う。「せめてお父さんと言ってください」と高峰が真顔で返し、笑い声が一層《いっそう》華やかになった。

何やらいい雰囲気で、とっさに割って入ってしまいそうになった。ほぼ条件反射だ。すんでのところで口をつぐんだのは、高峰のコップにウーロン茶が注がれていたのに気づいたからだ。

（本当に禁酒してるのか）

今日はコース料理に飲み放題をつけている。そういうとき、高峰は遠慮なく酒を飲むのが常だった。鯨飲《げいいん》という言葉がぴったりの飲みっぷりで、日本酒でもビールでも焼酎でも、顔色ひとつ変えずに飲み干してしまう。

あれほど好んでいた酒を高峰はすっぱりやめたのだ。自分も未練は断ち切ろうと、何も言わずに席を立った。

トイレへ向かった尚哉は、洗面所で時間稼《かせ》ぎのようにのろのろと手を洗って溜息をつく。

（……まだ全然思い切れてないな）

高峰に片想いをしている期間が長すぎて、高峰に近づく女性を退《しりぞ》けるのがライフワークに近くなっている。これは本当にいけない。

席に戻ったらどうにか高峰を意識から追い出そう。そう己を奮《ふる》い立たせてトイレを出ると、通路に兼森の姿があった。尚哉に背を向けてとぼとぼと歩いている。

「……兼森さん？」

声をかけると、はっとしたように振り返られた。酔って気分でも悪くなったのかと思ったが、顔色は悪くない。

「どうしました。席に戻るところですよね？」

「そうなんですけど……ちょっと、戻りづらくて」

なぜ、と尚哉は首を傾《かし》げる。自分が席を外した隙にトラブルでもあったか。

兼森は迷うような素振りを見せてから、「実は」と言いにくそうに切り出した。

「私、彼氏がいるんです。今日は人数合わせで参加しただけで……」

「ああ、そうだったんですか。だったら残りの時間は俺とお喋りしませんか？　俺も似たような理由で参加してるので」

これ幸いとばかり提案すると、兼森もわかりやすくホッとした顔をして「喜んで」と頷いてくれた。

二人してテーブルに戻ると、尚哉は最初に高峰が座っていた席を強引に奪取《だっしゅ》し、その向かいに兼森を座らせた。高峰から離れたその席で、後はひたすら兼森と喋り続ける。周囲は尚哉と兼森が意気投合したと勘違いしてくれ、ほとんど二人に話しかけてこない。

兼森が声を潜《ひそ》めて「成功ですね」と笑う。尚哉も笑って頷き返し、他愛《たわい》のない話をしながらビールを飲み続けた。

その後、二時間ほどで合コンはお開きとなり、幹事の芝浦にめいめい参加費を渡して店の外に出た。店の入り口に近い席に座っていた尚哉と兼森は早々に外へ出たが、残りのメンバーがなかなか出てこない。

「どうしたんでしょう……？」

「さあ、会計で手間取ってるんですかね。先に帰っちゃいましょうか」

うっかり二次会に誘われたら面倒だ。どうです？　と尋ねると、兼森も悪戯《いたずら》っぽく笑って
「帰っちゃいましょう」と頷いた。

最寄《もよ》り駅まで二人で歩き、兼森は地下鉄だというので改札前で別れた。

お疲れさまでした、と会釈《えしゃく》をする兼森に手を振り返し、さあ帰ろうとビジネスバッグから定期を取り出したそのとき、突然後ろから肩を掴まれた。

驚いて振り返れば、背後に高峰が立っていた。走ってきたのか、肩で息をしている。

「た、高峰？　どうした」

「お前が急にいなくなるから、探しにきた」

「え、だってもうお開きだろ？　もしかして、支払い間違ってた？」

高峰は肩を上下させながら改札前の人込みに視線を走らせる。

「誰かと一緒にいたんじゃないのか？」

「兼森さん？　先に帰ったけど……」

高峰は大きく息を吐くと、少し乱れた髪を後ろに撫でつけた。

「じゃあ、ちょっとこの後付き合ってくれ」

高峰に腕を引かれて駅を離れ、やって来たのは居酒屋だった。

二次会かと思ったが、店内に芝浦たちの姿はない。二人掛けのテーブル席に通され、訳も分からずメニューを受け取る。

「飲み直すのか?」

早速メニューを開いた高峰に尋ねると、「禁酒中だ」と返ってきた。

「さっきの店じゃろくなものが食えなくて腹が減ってるんだ、付き合ってくれ」

「ああ、そういう……。確かにさっきの店、大皿の料理もスカスカだったもんな」

「あれじゃ女性陣も満足してないだろ。芝浦もコース選ぶの失敗したって反省してたし」

「随分芝浦と仲良くなったんだな?」

「ああ、連絡先も交換した」

特別愛想がいいわけでもないのに、高峰はどうしてか他人の懐《ふところ》に入るのが早い。

「藤生も、ほとんど何も食べてないだろ。適当に注文するから少しくらい食べろ」

言うが早いか、高峰は店員を呼んで料理を注文する。尚哉も横からビールを頼んだ。

すぐに飲み物とお通しが運ばれてきたが、お通しのきんぴらは高峰に譲った。呆れた顔をしつつ、高峰は小皿に載ったきんぴらを一口で食べた。

「ろくに食わずに、よく体がもつな……」

「まったく食べてないわけじゃないからな。必要カロリーは摂取《せっしゅ》してる。それにビールの原材料は麦だから、炭水化物もとれる」

「本当か？　それ」

喋っているうちに料理が運ばれてきた。

厚焼き玉子に唐揚げ、冷やしトマト、肉豆腐、フライドポテト、枝豆、焼きそば。そんなに腹が減っているならファミレスにでも行けばよかったのではと思っていたら、高峰がずいっと皿を押し出してきた。

「どれが食べたい？　どれなら食べられる」

やたら品数が多いと思ったら、偏食の強い尚哉でも食べられそうなものを選んでくれたらしい。

心遣いが透けて見えるだけに全く手を付けないのも申し訳ない。尚哉はうろうろと視線を動かしながら箸を持ち、とりあえず焼きそばの麺《めん》だけ口に運んだ。

野菜や肉をよけて麺を食べるなんて行儀が悪いが、高峰はホッとしたように目元を緩める。

その顔に、古い記憶が喚起《かんき》された。

小学校の体育の授業中、尚哉が貧血を起こしたあの日、給食にレバーのフライが出た。生徒たちからはあまり評判の良くないメニューだ。

クラスメイトは親切なのか嫌がらせなのかわからないが、「レバーは貧血にいいんだよ！」

「食べないと駄目だよ！」と言いながら尚哉の皿に大量のレバーを盛りつけてきた。

箸を手に取る前からうんざりしていたら、隣の席で給食を食べていた高峰に声をかけられた。

「レバー、食ってやろうか？」

耳打ちされて驚いた。いいの、と小声で尋ねると無表情で頷かれる。

「俺、レバー好きだから。代わりに何かおかず持っていっていいよ。どれが食べたい？　どれなら食べられる？」

とっさに「冷凍ミカン」と答えてしまい、ハッとした。冷凍ミカンは生徒の間でも人気で、余ったミカンを巡り争奪《そうだつ》じゃんけんが始まることもあったからだ。

慌てて別のものを指定しようとしたのに、高峰はこだわりもなく自分の冷凍ミカンを尚哉のトレイに載せてしまう。

目を丸くした尚哉に、高峰はあっさりと言い放った。

「俺は別のものも食べられるけど、藤生はそれしか食べられないんだろ？　だったらいいよ」

あの日の高峰も、尚哉がおずおずとミカンを食べるのを見て目元を緩めたものだ。

当時のことを思い出し、尚哉は口元に笑みを浮かべた。それに気づいた高峰が、冷やしトマトを口に運びながら「どうした」と声をかけてくる。

「高峰は本当に、昔から貧乏くじを引くタイプだったなと思っただけだ。社会人になってまでこんなに世話を焼かれるとは思わなかった。俺なんて放っておけばいいのに」

焼きそばの麺をつまみながら呟けば、軽く眉を顰《ひそ》められてしまった。

「そういうわけにもいかないだろ。放っておいたらお前なんて干からびて死にそうだ」

「そうなったところでお前は何も困らないだろう？」

親兄弟でもないのだし、と続けようとしたら、思いがけず真剣な顔で睨まれた。

「お前が本当に干からびたら、平気でいられるわけがないだろ」

まっすぐに見詰められて箸が止まる。

ワイシャツの下で、心臓が期待するように飛び跳ねた。馬鹿、落ち着け、と宥めてみても静まらない。

高峰はこういうところが罪深い。もしかすると自分は高峰にとって特別な存在なのではないか、と勘違いしてしまいそうになる。

「そ、そういうところが貧乏くじを引くタイプだって言うんだよ」

動揺を振り切るつもりで、大皿に残った最後の唐揚げに箸を伸ばす。途中、いいのか、というように視線を向けると、高峰の目元に笑みが浮かんだ。

「お前から箸を伸ばすなんて珍しいな」

どことなく嬉しそうな顔で、わざわざ取りやすいように大皿を押し出してくれた。

尚哉は口をへの字に結び、最後に残った唐揚げをつまみ上げる。

「……唐揚げ、好きだったんじゃないのか」

「好きだ」

短い言葉に心臓を鷲掴みにされた。自分に向けて言われた言葉でもないのにうろたえて、箸の先から唐揚げが転げ落ちそうになる。

「でも、自分で食うよりお前に食わせたい」

好物の唐揚げを取り上げられたというのに、満足そうな顔で高峰は言う。冷凍ミカンのときと一緒だ。そこに特別な意味などないとわかっていても息が震えた。馬鹿みたいだ。

「……そこまで心配しなくても、健康診断に引っかかったことなんてないぞ」

「だとしても、心配だから食べてくれ」

高峰が困ったような顔で笑う。たまに見せる、ごく親しい者にだけ向けられる笑顔だ。この顔に尚哉は何度でも心臓を撃ち抜かれる。

（お前を好きでいること、やめたつもりだったんだけどな）

居酒屋のカウンターでそう誓ったはずなのに、どうしてまだこんなに胸が騒ぐのだろう。

貧血を起こして保健室に運んでもらって、給食に出たレバーを食べてもらって、代わりに冷凍ミカンをもらった。好きになった理由はそんな些細《ささい》なことなのに、なぜこんなにも長く恋心が消えないのか不思議だ。

その上、高峰は年を経《ふ》るごとにいい男になっていくし、そばにいる時間が長くなればなるほどささやかな記憶も積み重なって、ますます好きになってしまう。もはやどうやって好きでない状態に戻せばいいのかわからない。

黙々と唐揚げを咀嚼《そしゃく》していたら、高峰が合コン中はついぞ女性陣に向けることのなかった柔らかな声で言った。

「また近いうちに二人で飲みに行こう」

尚哉は眉根を寄せ、ビールで無理やり口の中のものを飲み下した。

「お前、禁酒してるんだろ」

「俺はウーロン茶でも飲んでるから気にするな。藤生は好きに飲んでいい。ついでに何かつまんでくれるとなおいいな」

「お前の面倒見の良さは美徳《びとく》だと思うけどな、同級生のために大事な時間を割《さ》くのもほどほどにしておいた方がいいんじゃないか？」

「美徳というか、お節介《せっかい》だな」

自覚はある、と高峰が肩を竦める。

わかってるならもうやめろよと、笑いながら忠告しようとしたのに喉が震えて上手くいかなかった。声に深刻さが滲《にじ》んでしまいそうで唇を噛む。

（だって俺、お前の好きなところなんて十個どころか百個でも言えるんだぞ）

来月の誕生日など待つまでもなく、とっくに自分は後戻りできないくらい高峰が好きなのかもしれない。

「早速来週とかどうだ？　仕事帰りにでも」

高峰に誘われ、いつものように二つ返事で了承しそうになって慌てて首を横に振った。

「来週はちょっと……」

「ん？　何か予定でも入ってたか？」

「そう、あの……さっき駅まで送っていった兼森さんと来週あたり会う約束してて。て言っても、まだ曜日とかは決まってないんだけどな！　一応、こっちから誘ったし、彼女のために来週は空けとこうと思って……」

とっさに嘘をついた。高峰の誘いを断るため、来週予定が入りそうだがまだ日は確定していない、という難しい状況を設定しようと思ったら他に思いつかなかったのだ。

さすがに嘘とばれるだろうか。ちらりと高峰の表情を窺って、尚哉は大きく目を見開いた。

高峰が、料理に伸ばしかけた箸を宙で止め、愕然《がくぜん》とした顔でこちらを見ていたからだ。

普段あまり表情を変えない高峰にしては珍しい反応だ。そんなに驚かせることを言ってしまったかとこちらの方がうろたえる。

高峰は自分が箸を出したことすら忘れた様子で、凝然《ぎょうぜん》と尚哉を見詰めてくる。

「……また会う約束したのか？　お前が？」

「お、おう。来月の誕生日までに彼女作るって宣言しただろ？」

高峰は微《かす》かに視線を揺らし、ゆっくりと箸を下ろした。

「そう……そうだったな。確かに……」

「そうだよ。高峰も俺なんかに構ってないで、彼女の一人も作ったらどうだ」

高峰は異国の食べ物でも口に含んだような顔で「彼女」と呟く。妙に反応が鈍《にぶ》い。「どうしたんだよ?」と尚哉に声をかけられ、ようやく我に返ったような顔で首を横に振った。

「いや、お前から『彼女を作れ』なんて言われたのは初めてだったから……」

当然だ。これまでの尚哉はむしろ、毎年初詣《はつもうで》で『高峰に彼女ができませんように』と祈願していたくらいなのだから。

高峰は尚哉の言葉を反芻《はんすう》するように目を伏せて、小さく頷いた。

「……そうだな。彼女も、いいかもな」

短い言葉に心臓を握り潰された。自分で言わせておいてショックを受けるのだから世話がない。唇を無理やり笑みにかたどって酒を飲むが、ほとんど味がわからなかった。

(俺本当に、これ以上高峰に会わない方がいい)

想いはいつか風化するなんて、いったい誰が言ったのだろう。時間とともに募《つの》る一方ではないか。

高峰に彼女を作るよう焚《た》きつけたことをもう後悔したし、できれば来週も一緒に飲みに行きたかったが、高峰の手元にあるウーロン茶を見て撤回《てっかい》の言葉を呑み込んだ。

禁酒を始めた高峰の決意は固い。ならば自分もそれに倣《なら》おう。

この恋心が少しでも鎮火《ちんか》してくれることを祈って、尚哉は焚火《たきび》に水をかけるように酒を飲み続けた。


合コンに参加した翌週、客先から会社に戻るなり廊下で芝浦《しばうら》に声をかけられた。

「お疲れ。お客さんのとこ行ってきた帰り？」

「ああ。約束忘れられてて一時間くらい待ちぼうけ食らったけどな」

そりゃ大変だ、と芝浦が笑う。同じ営業部なので、この手の苦労話は慣れっこだ。

「じゃあ、慰労《いろう》も兼ねてこれから飲みにでも……あ、今日は金曜だから無理か？」

「いや、行けるぞ」

軽い調子で応じると、芝浦が廊下の真ん中で足を止めた。唖然《あぜん》とした顔で尚哉《なおや》を見て、我に返ったように大股《おおまた》で近づいてくる。

「えっ、行けるの？　これまで一度も金曜の誘いに乗ったことなかったのに？」

「忘年会とかはさすがに出席してただろ」

「それくらい大きい催《もよお》しじゃない限り全部断ってたじゃん！　てっきり毎週金曜は重要な予定が入ってるんだとばっかり……」

「重要ってことはないが……」

芝浦が言う通り、尚哉は入社以来金曜日の飲み会を片っ端から断ってきた。しかしその理由を明らかにしたことはない。

(高峰《たかみね》から飲みに誘われるかもしれないから、なんて理由、言えるわけもないしな……)

高峰と飲みに行くときは、大抵尚哉から誘いをかけた。けれど稀《まれ》に高峰から誘われるときもあって、そのチャンスを逃さぬように必ず金曜の夜は空けていたのだ。

我ながら、来るか来ないかわからない高峰の誘いを待って、他の誘いを全部蹴《け》るなんてどうかと思う。高峰に知られたらまず間違いなくドン引きされる。自分でも必死過ぎて気持ちが悪い。

高峰を好きでいることをやめようと決心してから、己の言動を客観的に見られるようになった。改めてやりすぎだと理解したし、こういう行動はやめようと思えるようにもなった。

すぐには高峰への恋心を手放せなくても、少しずつ行動を変えていけばいい。

早速芝浦の誘いにも乗った尚哉は、定時に出られるよう自席で事務作業をこなす。しばらく作業を続けていると、スラックスのポケットに入れていた私用の携帯電話が震えた。

メッセージの着信だ。差出人は、高峰である。

『今日空いてるか？　都合がつくなら飲みに行かないか』という文面を目で追って、あっと声を漏《も》らしてしまった。

(マジか……！　先週会ったばっかりなのに！)

芝浦の誘いに乗ったことを一瞬本気で後悔したが、高峰を人生の最優先にするのはやめようと決めたばかりだ。尚哉は奥歯を噛みしめると、断腸《だんちょう》の思いで断りのメッセージを送った。

「ぐ……ぅ」

短い断りの文を送信した瞬間、拭《ぬぐ》いきれぬ後悔に胸を焼かれて低く呻《うめ》いてしまった。切腹もかくやという声になったが仕方がない。

名残惜《なごりお》しく画面を見詰め、しおしおと仕事に戻ろうとすると今度は電話がかかってきた。ディスプレイに表示されていたのは高峰の名だ。

すでに定時も過ぎていたので、携帯電話を手にあたふたと廊下へ出た。人気《ひとけ》の少ない資料室の前で電話に出ると、『もしもし？』と押し殺した声が耳を打つ。

『藤生《ふじお》……？　今日、何か予定が？』

やけに深刻な声だ。戸惑いつつも同僚と飲みに行くのだと答えようとしたら、かぶせるように高峰が言葉を続けた。

『先週の合コンの相手と会うことになったのか？』

「は？」

一瞬なんの話かわからなかった。

先週、高峰からの誘いを断るためについた雑な嘘だと気づくまでに時間がかかり、慌てて「いや、違う」と否定する。

直後、ここは嘘をつき通してもよかったのでは、と思ったが、電話の向こうで高峰が息を呑む気配がして意識が逸《そ》れた。

『だったら、まさか……どこか具合でも悪いのか……!?』

尚哉は携帯電話を耳に当て、ぽかんとした顔で立ち尽くす。なぜそんな発想に、と訝《いぶか》ったが、一拍置いて理解した。

（そうか……！　今まで俺から高峰の誘いを断ったことなんてなかったから……）

これまでは、バイトも卒論も上司からの誘いも全部蹴《け》り飛ばして高峰の誘いに乗っていたのだ。そんな尚哉が誘いを断ってきたので、何か尋常でないことが起きたのではと案じてくれたらしい。

うわぁ、と思わず声が出る。

こんな勘違いをさせてしまうくらい、これまでの自分は高峰との時間を死守しようと必死だったわけだ。己のなりふり構わない姿を見せつけられたようで、力なく壁に凭《もた》れた。

尚哉が脱力していることも知らず、高峰は切迫した声で続ける。

『実は今、お前の会社の近くにいる』

「えっ、なんで？」

『支社に顔を出した帰りなんだ。なあ、具合が悪いなら家まで送るぞ。迎えに行くか？』

高峰の声が珍しく焦《あせ》りで波打っている。本当に会社の前まで迎えに来そうな勢いだ。

「大丈夫だ、別に体調は悪くない。ただ、会社の奴らと飲みに行くことになって」

『……本当か？』

疑われてしまった。それほど自分が高峰の誘いを断るのは異常事態なのだろう。

一瞬、芝浦たちの誘いを蹴って高峰と飲もうか、と考えてしまった。今後高峰からは距離を置くつもりでいるが、今回だけ。

（いや、駄目だ！　またずるずるべったりになりかねん！）

尚哉は心を鬼にして「本当だ」と強い口調で返した。

「誘ってくれたのに悪いけど、また今度な！　じゃ、ちょっと仕事で呼ばれてるから」

それだけ言って、一方的に電話を切った。これもまた尚哉にしては珍しいことだ。高峰から電話がかかってきたとなれば、なんだかんだと理由をつけてダラダラと長電話をするのが常だったのに。

真っ暗になったディスプレイを見て、尚哉は深い溜息をつく。

これまで飲みに誘うのはほとんど尚哉からだったので、こちらから連絡さえしなければ勝手に疎遠《そえん》になっていくだろうと構えていたが、まさか高峰の方から連絡が来るとは。

（いや、今回はたまたまだよな。会社の近くを通りかかったから……。高峰がこっちに来ることなんて滅多《めった》にないし。そう考えると、ちょっともったいないことした気も……）

ぼんやりとそんなことを考えてしまい、ちっとも未練を捨てきれていない自分に尚哉はもう一度溜息をついた。

高峰の電話を切った後も悶々《もんもん》とした気分のまま仕事を続け、定時から小一時間過ぎたところでようやく芝浦たちと会社を出た。尚哉を含めて四人が集まり、近くの居酒屋へ移動する。

「珍しいよな、藤生が一緒なんて」

「金曜日はいつも断られてたのに」

高峰だけでなく、同僚たちから見ても尚哉の行動は物珍しいものらしい。

曖昧な相槌《あいづち》を打って夜道を歩いていた尚哉だが、ふと目の端を何かが掠《かす》めて歩調を緩《ゆる》めた。

足を止めたのは予感に近い。まさかと思いながら振り返り、道路の向こうに並ぶ街路樹を見て目を見開いた。

「し……芝浦！　悪いけど先に行っててくれ！　会社に忘れ物した！」

傍《かたわ》らにいた芝浦にそう言い残し、尚哉は皆から離れて道路を渡った。

道路を挟んだ会社の向かい、歩道に並ぶ街路樹の後ろにひっそりと誰かが立っている。

街路樹に駆け寄り、尚哉は声を張り上げた。

「高峰、お前こんな所で何してんだ⁉」

街路樹の後ろで、尚哉の会社の入り口を眺めていたのは高峰だ。

尚哉に見つからないように隠れていたのだろう。高峰はばつの悪そうな顔で木の裏から出てきた。

「……藤生の具合が気になって」

「ほ、本当にそんな理由でこんな場所に潜んでたのか？　大丈夫だって言ったろ？」

尚哉は困惑を隠せない。いくら尚哉の体調を気遣うにしても、会社の前で様子を窺っているなんて。高峰は元来お人好しだが、ここまで過保護な行動に走ったのは初めてだ。

うろたえているのは尚哉だけではない。当の高峰も自分で自分の行動を理解しきれていない様子で口元を手で覆《おお》う。

「いや、ちょうど近くにいたし、顔だけ見たら帰るつもりで……」

「そ、そうか。でも、本当に、芝浦たちと飲みに行くところで……見ただろ？」

高峰が道路の向こうに視線を向ける。何かを探すように目を動かしているが、店に向かった芝浦たちの姿はもう見えないはずだ。そう伝えようとすると、ぽつりと高峰が言った。

「……本当に、合コンで一緒だった相手じゃなかったんだな」

「あ、うん、彼女は、ちょっと今週、都合が合わなくなって……」

高峰は道路の向こうに視線を向けたまま、そうか、と呟いて黙り込んでしまう。表情のないその横顔を見て、尚哉は目まぐるしく思考を巡らせた。

(な、なんだ？　なんでこいつこんなに兼森《かなもり》さんにこだわってんだ？　まさか……兼森さん狙いだった、とか)

ふとした思い付きだったが、その想像は尚哉の胸を焼くに十分だった。

学生時代を振り返っても、高峰が積極的に恋愛話に興《きょう》じていた記憶はない。好きな娘がいるというような話を聞いたこともなく、大学のときにつき合っていた彼女も相手から告白されたとかで、気がついたときにはもう別れていた。

高峰が恋愛に淡白な人物であったからこそ、尚哉もその傍らで長年片想いを続けられたのだ。

そんな高峰が、合コンで出会った兼森のことにやけにこだわっている。

もし高峰に「俺にも兼森さんの連絡先を教えてくれ」なんて言われたら、多分ショックを受けた顔を隠せない。まだ高峰が兼森狙いと決まったわけではないが、そういう可能性があるならせめて心の準備をする時間が必要だ。尚哉は慌ただしく高峰に背を向けた。

「と、とりあえず！　俺は芝浦たちと飲みに行くから、お疲れ！」

逃げるように車道に飛び出そうとしたら、高峰に腕を掴まれ引き戻された。予想外に強い力で、背中から高峰の胸にぶつかって心臓が飛び上がる。

「待った、明日はどうだ」

「なっ、何が⁉」

動転して声が裏返る。高峰は尚哉の腕をしっかりと掴んだまま「明日」と繰り返した。

「今日が駄目なら明日、飲みに行かないか？」

尚哉はうかつにも高峰の胸に背をつけたまま背後を振り返ってしまい、こちらを覗き込む高峰の顔をかつてなく間近で見て声を呑んだ。

「よければ買い物もつき合ってくれ」

「……はっ？　な、なんで俺が……」

「洗濯機から異音がするんだ。新しいのが欲しいんだが、どれがいいのかわからない」

「そんなもん店員に聞けばいいだろ！」

慌てて高峰から身を離すが、腕を掴む手は緩まない。それどころか、逃がすまいと自分の方に引き寄せてこようとする。

「店員の言葉は今一つ信用ならない。かと言って自分で選ぼうにも決め手に欠ける」

「知るか！　俺だって洗濯機なんて詳しくないぞ！」

「事は急を要する。洗濯機から異音がするとき、人がどれほど無力感に打ちのめされるのかお前は知らないのか。祈るような気分で異音がやむのを待つしかない」

「そ、それは……わかるけど」

尚哉も独り暮らしを始めて間もない頃、シーツを洗おうとしたら洗濯機が信じられないくらい激しく揺れて慄《わなな》いた記憶がある。あのときは、脱衣所に立ち尽くしてただただ洗濯が無事に終わるのを待つしかなかった。

とはいえ自分が洗濯機選びに貢献できるとも思えない。そうでなくとも高峰とは距離を置こうと努力しているのに。

言い淀《よど》んでいると、高峰の指に力がこもった。

「頼む。俺と会うのが嫌になったわけじゃないのなら、買い物に付き合ってくれ」

高峰の口から飛び出た言葉に驚いて、へ、と間の抜けた声を出してしまった。

「嫌になるとか……あるわけないだろ？」

「……本当か？」

「え、まさか、そんな心配してたのか？」

なんで、と呆然とした顔で尋ねると、高峰が苦々《にがにが》しげに眉を寄せた。

「新年会のとき、周りの奴らに言われたんだ。『高峰は藤生に対して過保護すぎる』『その調子じゃ近いうちに距離置かれるぞ』って」

「いつの間にそんな話してたんだ」

「お前が酔い潰れた後、介抱《かいほう》してたときに」

自分の知らない間にそんな会話が交わされていたのかと驚くと同時に、一連の高峰の奇行に説明がついた気もした。新年会でそんなことを言われた直後に、尚哉から誘いを断られてうろたえてしまったのかもしれない。

高峰は尚哉の腕を摑んだまま、窺うようにこちらを見る。

「……迷惑だったか？」

「まさか」

思うより早く否定していた。尚哉の即答に、高峰はホッとしたように目元を緩める。

「だったら、明日も会えるか？」

その訊き方はずるい、と思ったが、こうなるともう尚哉に断る術《すべ》はない。わかった、と頷くと、ようやく腕を摑んでいた手が離れた。

「ありがとう、長々と引き留めて悪かった。明日の件は後で携帯に連絡しておく」

また明日、と軽く手を上げ、高峰は踵《きびす》を返してしまう。尚哉はその後ろ姿を見送って、高峰の姿が完全に見えなくなってからゆっくりと天を仰《あお》いだ。

（……断れないだろ、あんなこと言われたら！）

離れよう、と思った途端、高峰の方から近づいてくるとは何事だ。

どうしてこうなる。上手くいかない。でも心の片隅で、明日も高峰に会えるのを嬉しいと思っている自分もいる。想いを殺しきれない。

状況も、己の心もままならず、尚哉は仰向いたまま低く呻くことしかできなかった。


翌日の土曜、互いの家の中間地点にある大きな駅で尚哉は電車を降りた。

大学時代はお互い学校近くのアパートに住んでいたが、就職を機に引っ越して、今や二人の家は電車で三十分ほどの距離がある。

改札前で高峰と合流し、早速《さっそく》家電量販店へ向かう。

高峰は前日宣言した通り、まっすぐ洗濯機売り場へ向かってあれこれ吟味《ぎんみ》を始めた。

「今使ってるのは縦《たて》型なんだが、ドラム式も気になるな……」

ドラム式洗濯機の蓋《ふた》を開け閉めする高峰は真剣そのものだ。

今日の高峰はデニムに黒のモッズコートを合わせている。最近は仕事帰りに飲むことがほとんどだったので、ラフな服装を見るのは久々だ。スーツもいいが、こういう気安い服も似合うよな、とこっそり思う。

(いやいや、ときめくな俺。高峰のことは諦めたんだろ)

浮かれている場合ではないのだが、休日に二人で買い物に行くなんて珍しいことだ。尚哉も今朝は無駄に服など吟味してしまい、出かける直前に我に返って、黒のスラックスにグレーのチェスターコートという無難な服に着替えたのはここだけの秘密である。

「なあ藤生、アパートってドラム式の洗濯機を使ってもいいのか？」

「むしろ使っちゃ駄目なのか？」

「ドラム式は振動《しんどう》が凄《すご》いって聞いたような……最近の洗濯機はそうでもないのか？」

「そんなの俺が知るわけないだろ。だから俺がついてきても意味ないって言ったんだよ」

結局は店員を呼び、縦型とドラム式の違いについて丁寧にレクチャーしてもらった。こうなると本当に、一体なんのために自分を連れてきたのかわからない。

「しかも結局買わないしな⁉」

一時間ほど売り場を回り、高峰が出した結論は『保留』だ。待ち合わせの時間が遅めだったので、店から出るとすでに空が夕焼けに染まっていた。

「急を要するんじゃなかったのか？」

「安い買い物じゃないからな、慎重に検討したい。またつき合ってくれ」

「……っ、俺を巻き込むな！」

一瞬だけ、また誘ってくれるのか、と喜んでしまった自分を殴りたい。店の前の横断歩道で足を止めて赤信号を睨んでいると、横から高峰に顔を覗き込まれた。

「悪かった。飯でも食って帰ろう」

尚哉は高峰に視線を向けず、硬い表情のまま口を開いた。

「飯を食う約束はしてないだろ」

高峰のそばにいたい気持ちを押し殺して答えたら、思ったよりもぶっきらぼうな口調になってしまった。高峰もそれに気づいたようで、尚哉の横顔をじっと見詰めて動かない。

「……この後、何か予定でも入ってたか？」

探るような高峰の言葉に、なんと応じるべきか迷う。予定などないが、馬鹿正直にそう伝えてしまったら高峰と食事に行く流れになるだろう。

高峰を諦めるためにも、必要以上の接触は避けたい。適当な嘘をついて誘いを断ろうとしていたら、信号待ちの人込みの中で誰かに背中を叩かれた。

最初は後ろに並んでいる人の体がぶつかっただけかと思った。しかしもう一度背中を叩かれ、意思を持った仕草だと察して振り返る。

背後には、女性が二人立っていた。

「あ、やっぱり。藤生さんと高峰さんだ」

尚哉の背中を叩いたのは、栗色の髪を肩先で切り揃えた女性だ。快活《かいかつ》そうな笑みを浮かべるその顔には見覚えがあり、どこで見たのかと視線を揺らして目を見開いた。尚哉に声をかけた女性の後ろで困ったように立ち竦んでいたのは、兼森だ。

となると、隣の女性も合コンの参加者か。名前を思い出せずにいたら、本人から「三好《みよし》です」と名乗ってくれた。

「私たちのこと、覚えてますか？　先週一緒にお食事したんですけど……」

「あ、ああ、もちろん、です」

頷きつつ、尚哉は高峰の横顔を窺った。

高峰には合コンの後、兼森と会う約束をしたと伝えている。もし高峰がその真偽を兼森に尋ねたら、たちまち嘘がばれてしまう。

どぎまぎしたが、高峰は軽く会釈をしただけで兼森に何か尋ねる様子はない。信号も青に変わり、そそくさとその場を立ち去ろうとしたら三好に呼び止められた。

「あの、高峰さん、この前はありがとうございました！」

横断歩道に足を踏み出しかけていた高峰が振り返る。立ち止まると他の歩行者の邪魔になりそうだったので、とりあえず全員で家電量販店の入り口近くまで移動した。

なんでも前回の合コンで、飲みすぎて足元が覚束《おぼつか》なくなった三好を高峰が介抱したらしい。レジ前でしゃがみ込んだ三好の腕を取り、近くの椅子に座らせて冷たい水など飲ませたそうだ。

尚哉と兼森が店を出た後、他の面々がなかなか出てこなかったのはそのせいか。

「あのときは本当にありがとうございました。きちんとお礼を言いたかったんですが、高峰さんは先に帰ってしまって、連絡先もわからないし……」

「いえ、別に。お気になさらず」

高峰はいつもの通り愛想《あいそ》もないが、三好はやけに熱心だ。どうやら高峰に気があるらしい。

「せっかくだから、連絡先の交換とかしておいたら？」

横から尚哉が助け舟を出してやると、三好から感謝の眼差しを向けられた。それに軽く笑い返しながら、尚哉は高峰の様子を窺う。

高峰は、仕事相手とでも連絡先の交換をするような淡々とした態度だ。傍らには兼森もいるが、彼女とは連絡先の交換もしない。尚哉と会う約束をしたのかどうかについても、特に聞き出そうとする様子はなかった。

（……別に、兼森さんに気があるわけじゃないのか）

昨日は妙に兼森を気にしていたようだったが、下心があったわけではないらしい。ほっとして、そんな反応をする自分に辟易《へきえき》した。やはりそばにいると、どうしても高峰の視線がどこを向いているのか気になってしまう。諦めきれない。

ここはひとつ荒療治《あらりょうじ》が必要だ。尚哉は敢えて明るい口調でこんな提案をした。

「よかったら、これから皆でお茶とか行きませんか？　せっかく再会できたんですし」

「あっ、いいですね！」

これ幸いとばかり三好が食いついてくる。兼森も三好の恋心はわかっているらしく控えめに頷いた。高峰はと見ると、何を思っているのかわからない無表情だ。嬉しそうには見えないが、迷惑そうな顔もしていない。

尚哉はなるべく高峰を視界に収めないようにして近くの喫茶店に向かう。

どうせ自分は高峰の特別になんてなれないのだ。ならばいっそ、高峰が彼女でも作ってくれればまだ諦めがつく。

やけくそに近い気分で明るく笑い、尚哉は先陣を切って喫茶店の扉を開けた。

店に入ると、すぐに意外なことが判明した。その場に揃った四人全員が同い年で、さらに尚哉たちと三好が同郷だったのだ。

「中学どこでした？　一中？　うち三中でしたよ」

「三中ってサンキューショップの近くの？」

「サンキューショップ！　懐かしい！」

地元トークに花が咲く。主に尚哉と三好が喋《しゃべ》り、たまに高峰と三好も言葉を交わせるように会話を回した。

とはいえやはり、目の前で高峰が女性と親しく話していると心穏やかでいられない。口元に運んだコーヒーカップの陰で溜息をついたとき、三好が「そういえば」と身を乗り出してきた。

「中学の近くに大きい橋がありませんでした？　コイノ橋っていう」

「ありましたね。別名恋人橋」

「あっ、そっちの学校でもそう呼ばれてました？」

はしゃぐ三好の横で、兼森が不思議そうに首を傾げる。地元の人間でなければ知らない橋だ。尚哉は指で宙に橋の名を書いた。

「濃野《こいの》橋って書くんです。でも耳で聞くと『恋の橋』って変換されがちで、地元じゃちょっと変わったジンクスがあったんですよ」

「そうそう。好きな人と二人だけで橋を渡り切れると恋人同士になれるっていうの。逆に最後まで一人で渡りきると一生恋人ができないとか。だから別名、恋人橋。一中でも流行《はや》ってました？」

三好に問われ、流行ってましたね、と尚哉は苦笑する。

大きな川に架かった橋は長く、渡りきるまでに三分はかかった。人通りも交通量も多く、誰かと二人きりで橋を渡り終えようと思ったら真夜中でもなければ難しい場所だ。

登下校中は学生の姿も多いし、好きな人と二人きりで渡り切れる可能性は低い。難しいからこそ信憑性《しんぴょうせい》が増し、地元の中高生は密《ひそ》かに想いを寄せる相手と、なんとか二人きりで橋を渡ろうと必死になっていたものだ。

濃野橋を知らない兼森は、おっとりした口調で三好に尋ねる。

「ここに来る途中にも長い橋があったけど、あれと同じくらい？」

「あの橋も長いけど、もっと長かったよ」

二人の話によると、駅の南口にもそれなりに長い橋があるらしい。

尚哉はちらりと高峰に目を向ける。高峰は先程からほとんど口を開かず、コーヒーばかり飲んでいる。三好が懸命に秋波《しゅうは》を送っているのも気づいていないようだ。人が困っているとすぐさま手を差し伸べるくせに、この手のことにはめっぽう疎《うと》い。

皆のカップも空《から》になってしまったし、このままではなんの進展もなく終わってしまう。

「行ってみましょうか、その橋まで」

三好が驚いたような顔でこちらを見る。尚哉は「濃野橋のこと喋《しゃべ》ってたら、なんか懐かしくなっちゃったので」なんて理由にもならないことを言って三好に目配せをした。

三好はわかりやすく表情を明るくして頷く。隣に座る兼森も、「いいですね、少し歩きましょう」と掩護《えんご》射撃をしてくれた。

当の高峰はやはり何もわかっていない様子で、皆が行くなら構わないとばかりに小さく頷いたただけだった。

店を出ると、尚哉はさりげなく兼森の隣に並び、前を歩く高峰と三好から距離を取った。

「すみません、巻き込んでしまって」

小声で話しかけると、兼森に控えめに笑い返される。

「いえ、こういう機会を作ってくださってありがとうございました。三好さん、合コンの後もずっと高峰さんのこと気にしてたので」

「そうですか。高峰もまんざらじゃないかもしれませんね」

言いながら、自分で自分の胸に針を刺すようだと思った。前を行く高峰の横顔は見られない。本当にまんざらでもない顔をしていたら足を止めてしまいそうだ。

「……兼森さん、これから向かう橋の場所知ってるんですよね？　俺たちだけ別ルートで行きませんか。あの二人、二人きりにならないと話が進まない気がするので」

尚哉の提案に、兼森は少し戸惑った顔で「高峰さんも、三好さんのこと気にしてるんですか？」と尋ねてくる。

「どうでしょう。でもあいつ、鈍感だから。強引に背中を押してやらないと気が付かないこともあるかもしれませんし」

「藤生さんって、友達想いなんですね」

微笑んだ兼森に笑い返してみせたものの、肯定《こうてい》の言葉は口にしなかった。

友達じゃない。

友達だったら、こんなに泣きたい気分になるわけもない。

兼森と一緒に脇道に入り、なんでこんなことをしているんだと我ながら呆れた。傷口に塩をすり込んでいる気分だ。でも、これくらいやらないと諦めがつかない。

高峰のことを無理やり頭から追い出し、兼森とともに人込みを縫《ぬ》うように歩いていたら川辺に出た。川沿いを走る遊歩道に点々と街灯が灯《とも》っている。水音はするものの、すっかり日が落ちたせいで水面は暗く、水の深さがわからない。

「あれです」

兼森の指さす方に、長い橋が架かっていた。橋を渡る車のライトが遠くで小さく瞬《またた》いている。

橋の両脇にある歩道を歩く人の姿も遠目に見えた。

「濃野橋はもっと長いんですよね？」

「……そうですね、倍近くあったかな」

国道が近かったせいか、濃野橋は昼夜問わず交通量が多かった。しかも通学路の途中にあり、前を見ても後ろを見ても自分と同じような学生たちがぞろぞろ歩いていたものだ。

「この橋なら、タイミングによっては二人きりで渡り切れるかもしれませんね」

橋に向かって歩きながら尚哉は呟く。

「でも、簡単に達成できちゃうとあんまり御利益《ごりやく》を感じないような気も……？」

「そうですね。なかなか実現できないからこそ、『これが叶ったら恋も叶う！』なんて無茶な願掛けができたんだと思います」

今でこそこんなふうに笑っているが、中高生の頃は尚哉もご多分に漏れず、高峰と二人きりで橋を渡ろうと必死になっていた。

わざと遅くまで学校に残って、どうにかこうにか高峰と二人きりで帰ろうと根回しして、でもやっぱり途中で邪魔が入った。

後ろから追いかけてくる同級生、間断《かんだん》なく橋の上を走る車と自転車。やきもきする尚哉を置き去りに、高峰はいつだって先に行ってしまう。

「報《むく》われないジンクスだったなぁ」

呟く声に苦笑が混ざる。

あのとき、諦めておけばよかったのだ。中学から高校まで六年もチャンスを窺っていたのに一度も達成できなかったのだから。

我ながら、なんて諦めが悪いのだろう。

「あれ、三好さんから電話だ……」

もうすぐ橋に着くというところで兼森が足を止めた。さすがにはぐれたことに気づいたか。しかし橋の近くに二人の姿はない。もしかすると早々に意気投合して、このまま二人でどこかへ行く、なんて連絡かもしれない。

想像しただけでみぞおちの辺りがひやりとした。腹の底から後悔が込み上げる。吐き気にも似たそれを押さえようと口元を手で覆ったところで兼森が電話に出た。

「もしもし、三好さん？　今どこ？　駅？　高峰さんは？　……いないの？」

尚哉は俯けていた顔を勢いよく上げる。待ちきれず、兼森が電話を切るなり「どうなってるんです？」と尋ねた。

「……三好さん、途中で高峰さんとはぐれてしまったみたいです。高峰さんの携帯電話にも連絡したそうなんですけど、気が付かないのか電話に出てくれないみたいで」

高峰はあまり頻繁《ひんぱん》に携帯電話をチェックしない。電話がきても気づかないことは珍しくなかった。

「三好さん、残念がってましたけどこの後用事があるみたいで、あまりゆっくりしていられないそうなんです。私もそろそろ帰らないといけないので……」

「わかりました。高峰には俺から連絡しておきます。二人は帰ってもらって大丈夫ですよ」

兼森は申し訳なさそうな顔で頭を下げて駅へと戻っていく。その後ろ姿が完全に見えなくなると、尚哉は顔に貼り付けていた笑みを消して欄干《らんかん》に寄り掛かった。

溜息をついたら、夜の空気がそこだけ白く濁《にご》った。膝から力が抜けて、その場にしゃがみ込んでしまいそうになる。

想像と違う展開に、正直言うとほっとした。

「……何やってんだ、ほんと」

三好と高峰が二人で夜の街に消えていく姿を想像して傷ついて、そうならなくて安堵して、結局自分の恋心を再確認するだけで終わってしまった。自虐《じぎゃく》が過ぎる。

項垂《うなだ》れて、もう一度溜息をついたところで聞き慣れた声が耳を打った。

「探したぞ」

低い声に背筋が震えた。顔を上げれば思った通り、高峰が橋の向こうから悠々《ゆうゆう》と近づいてくる。

駅とは反対側から歩いてきた高峰を見て、尚哉は直前までの憂いも忘れて眉を顰《ひそ》めた。

「高峰……今までどこにいたんだ？」

「橋の向こう側」

「三好さんは？」

「わからん。気づいたら俺一人だった。はぐれたのかと思って橋まで来たんだが、誰もいないからとりあえず渡った」

「渡るなよ！　はぐれたって気づいた時点で連絡しろ！　携帯持ってるだろ？　三好さんから

も連絡来てたんじゃないか？」

高峰は今気がついたと言わんばかりの顔で上着のポケットから携帯電話を取り出し、「連絡来てたな」とぼそっと言った。

「お前……ちゃんと確認しろっていつも言ってるだろ。それに、三好さんと二人きりで歩いてたのにどうやってはぐれるんだよ？」

「二人じゃなくて四人だろ？」

不思議そうな顔で言い返されて唖然《あぜん》とした。どうやら高峰は、途中で尚哉と兼森が姿を消したことにすら気づいていなかったらしい。鈍感にもほどがある。

「それより、あっちにスペイン料理の店があったんだ。行ってみないか？」

高峰が橋の向こうを指さす。当たり前に食事に誘われ、尚哉は唇を引き結んだ。

ここは断るべきだ。今日だけで嫌というほどわかった。自分は好きな相手のそばにいながら恋を諦めきれるほど器用ではない。

行かない、と口にしようとしたが、高峰が声を上げる方が早かった。

「俺はお前に、何か避けられるようなことでもしたか？」

ぎくりとして声が詰まった。高峰が、思いのほか傷ついたような顔でこちらを見ていたからだ。

（そ、そういうふうに思われるのか……！）

尚哉は内心頭を抱える。

高峰にとって尚哉は気安い親友だ。誘えば毎回嬉々《きき》として応じてくれていた相手が、突然掌《てのひら》を返したような態度に出れば戸惑いもするだろう。何か避けられるようなことをしでかしたのでは、と不安になるのも当然だ。

（さすがに態度が露骨《ろこつ》すぎたか）

高峰から離れるにしても、もっと段階を踏んでいった方がいいのかもしれない。いきなりすべての誘いを断るのではなく、最初は数回に一度の頻度《ひんど》で断り、だんだんその回数を増やしていけば高峰も不審に思わないだろう。

計画を立て直し、尚哉は大きく息を吐いた。

「別に避けてない。飯も行く」

高峰の傍らを通り過ぎ、川の対岸に向かって歩き出す。すぐに高峰が隣に並んだ。

「いいのか。さっきまで渋ってたのに」

「渋ったというか、今日はあんまり腹が減ってないから、またお前に怒られるんだろうなぁと思っただけで……」

「今日に限らず、お前が腹を空かせてたことなんてないだろ」

苦笑して、高峰は柔らかく目を細める。

「でも、俺も今日は、あまりうるさく言わないでおく」

どこか安堵の滲む顔だった。新年会のとき、周りから過保護と言われたのをよほど気にしているのだろうか。

喋りながら橋を渡っていると、傍らを車が通り過ぎた。

地元のジンクスが頭を過《よぎ》り、一瞬体を硬くする。濃野橋の話なんてしたせいか、中高生の頃の記憶が鮮烈に蘇《よみがえ》った。

どうにかすれば高峰に振り返ってもらえるのではないかと一縷《いちる》の希望を抱いていたあの頃。この橋さえ二人きりで渡れたら何かが変わるのではないかと期待していた、制服の頃。

（なんで思い出すんだ、こんなこと）

傍らを、再び車が走り抜ける。

ここは濃野橋ではないし、ジンクスも関係ないとわかっていても落胆が胸を掠《かす》め、尚哉は自嘲めいた笑みをこぼした。


高峰が見つけたスペイン料理の店は、客が十人も入れば満席になるような小ぢんまりした店構えだった。壁はレンガ調で、カウンターバーの向こうにはワインの瓶《びん》が並んでいる。

尚哉たちが通されたのは奥の小さなテーブルだ。メニューを持ってきた店員に、高峰はジンジャーエールを注文した。禁酒はまだ続けているらしい。

尚哉は構わずスペイン産のビールを頼む。一通り料理を注文すると、早速瓶ビールとジンジャーエールが運ばれてきた。尚哉はビールを手酌《てじゃく》でグラスに注ぎ、「乾杯」と形ばかりグラスを掲《かか》げて喉に流し込む。

頼んだビールは少しばかり苦みが強く、味が濃い。若干《じゃっかん》甘みも感じた。これはつまみなしで延々と飲めるタイプの酒だ。

「一気に飲むなよ。何か食え」

いつもの調子で苦言《くげん》を呈《てい》した高峰だが、すぐにハッとした顔で口をつぐんだ。それを見て、尚哉は片方の眉を上げる。

「調子狂うから普段通りでいいよ。高峰に気を使われるとか、変な感じだし」

喋っているうちに料理が運ばれてきて、尚哉はアヒージョの脇に添えられていた薄切りパンをひょいとつまんで口に運んだ。

尚哉が高峰より先に料理に口をつけるのは珍しい。高峰は驚き顔で目を瞬《しばた》かせ、ふっとその口元を緩めた。

「なんで口うるさく『食べろ』って言われないときの方が積極的に食べるんだ?」

苦笑しながら、高峰もアヒージョにフォークを伸ばす。熱いオリーブオイルに浸《ひた》されたエビとブロッコリーをパンに載せ、ふっと一息吹きかけてから口に放り込んだ。

口いっぱいに食べ物を頬張る高峰を見て、尚哉は機嫌よく目を細めた。高峰は食べっぷりがいい。自分が食べるまでもなく、その姿を眺めているだけで満たされる。

アヒージョが冷める前に、スパニッシュオムレツとソーセージの盛り合わせ、白身魚のフリット、生ハムとチーズの盛り合わせが運ばれてきて、小さなテーブルが料理でいっぱいになった。

「藤生は普段何を食ってるんだ？　今も実家から食事が送られてくるのか？」

ソーセージにフォークを刺しながら高峰が言う。小気味のいい音を立ててソーセージを噛み切る粒の揃った歯と、油で光る唇に目を奪われて返答が遅れた。

「大学の頃、実家から手料理がチルドで宅配されるって言ってただろ。今もか？」

「ああ……、最近はないな」

尚哉の母親と祖母は料理上手だった。祖母は和食、母は洋食が得意で、実家にいた頃は毎日テーブルに乗りきらないほどの料理を振る舞われたものだ。

大学進学を機に実家を出てからも、月に一度のペースで二人の手料理が宅配便で届いた。保存食が送られてくるならまだしも手料理が送られてくるなんて、と同級生たちからは驚かれたものだ。

「周りの奴らはさすがに引いてたよな」

「俺は羨《うらや》ましかった。藤生のおばさんも祖母《ばあ》ちゃんも料理上手だったし」

「うん、高峰が食ってくれてありがたかった。さすがに大学の友達には出しにくい」

高峰は運動会だの遠足だので、尚哉が豪勢すぎる弁当を持たされていたことを知っている。

あの祖母と母親ならチルドで手料理も送ってくるだろうとあっさり納得してくれた。

「四年に進級する直前に祖母ちゃんが死んじゃって、それ以来あんまり手料理は送られてこなくなったな」

「ああ……肺炎だったか？　葬儀だなんだでおばさんも忙しかっただろうからな……」

「いや、張り合う相手がいなくなったからやめたんだろ」

オムレツを切り分けていた高峰の手が止まる。「張り合う？」と怪訝そうな顔で問い返され、あれ、と尚哉も首を傾げた。

「言わなかったっけ。うちの母さんと祖母ちゃん、あんまり仲良くなかったんだよ」

「そうか……？　でも、たまに見かけると二人ともニコニコしてたような……」

「まあ、表立って喧嘩したりはしなかったけど」

激しく口論をしていなくとも、言葉の端々からなんとなく不穏な雰囲気は伝わるものだ。

『まあ、お義母《かあ》さん。そんなことなさらなくても、私が』『いいのよ。私がやった方が早いから』『ありがとうございます。でも次からは本当に結構です』『でも貴方《あなた》、いろいろと忙しいんでしょう？　家の中のことに手が回っていないじゃない』

なんて会話を笑顔で交わす。

傍らでそれを耳にしながら、どうして二人とも笑っているのに、声だけこんなに冷たく聞こえるのだろうと不気味に思ったものだ。

「それで二人とも、俺に探りを入れてくるんだよ。『ママはお祖母ちゃんのこと、なんて言ってた？』とか。だから二人とも俺の前では絶対相手のこと悪く言わなかったな」

「意外だな。仲がいいのかと思ってた。運動会のときなんて重箱《じゅうばこ》囲んで和気あいあいとやってたのに」

「あの重箱もきつかったぞ。二人がそれぞれ一段ずつ料理詰めてて、俺がどっちの重箱から箸《はし》をつけるか笑顔でじっと見てんだよ」

「……嫌なプレッシャーだな。おじさんは止めてくれなかったのか？」

「親父は土日も関係なく仕事だったし、運動会どころか家で食事をすることも滅多になかったからなぁ」

毎日毎日、食卓一杯に並べられる料理の数々。あのハンバーグはきっと母が作ったもので、あっちの肉じゃがは祖母が作ったもの。さあどうぞ、と二人が笑顔でこちらを見る。自分の箸の動く先を見守っている。

今日はどちらの料理から食べよう、どちらを多く食べればいい。

どちらを食べてもどちらかが落胆した顔をするのはわかり切っていて、気づけば米や麺などの主食ばかり食べるようになっていた。

「二人ともなまじ料理に自信があったから、自分なら俺の偏食も治せるはずって意気込んでたな。凝《こ》った料理作ったり、食べ物の栄養素について徹底的に講義してくれたり」

祖母がちらし寿司の具材でアニメのキャラクターを描いてくれたこともあったし、母が大皿からはみ出るほど大きなハンバーグを作ってくれたこともあった。

「まあ、一向《いっこう》に治らなかったんだけどな」

開き直ってビールを飲んでいると、店員が牛肉のパエリアを運んできた。赤と黄色のパプリカが散らされた、目にも鮮《あざ》やかな一皿だ。

高峰はすぐにはパエリアに手を伸ばさず、険しい顔で尚哉に尋ねる。

「お前、アニメキャラのちらし寿司とかデカいハンバーグを作ってほしいって自分からねだったことあるのか？」

「あるわけないだろ。酢飯《すめし》好きじゃないし、量が食べられないのにデカ盛り出されても地獄絵図にしか見えない」

高峰は「だよな」と呟いて、ようやくパエリアにスプーンを伸ばした。

「おばさんも祖母ちゃんも、一言お前に『何が食べたい？』って訊いてくれればよかったのにな」

サフランで炊き上げた黄色い飯から温かな湯気が上がる。それを眺めて、そうだな、とぼんやりした声で返した。

特に、母にはそれを尋ねてほしかったな、と思う。祖母と張り合うためではなく、自分のために料理を作ってほしかった。

酔いに任せて昔のことを思い出していると、新しい取り皿を手に取った高峰に「お前も食べるか?」と声をかけられた。

「野菜と肉をよければ少しくらいいけるんじゃないか?」

「……じゃあ、飯だけ」

偏食の激しい尚哉だが、炭水化物にはぎりぎり手が伸びる。焼きそばの麺だけ食べたり、パエリアの飯だけ食べたりと行儀は悪いが、高峰がそれに対して苦言を呈したことはない。何も食べないよりはまだましだと思っているのだろう。今もパエリアの飯だけ食べる尚哉を眺めて目を細めている。

満足げな眼差しに心音が狂い、視線すら定まらなくなる。うろうろと動いていた目が、高峰の手元に置かれたジンジャーエールで止まった。

「高峰は? もう一生飲まないつもりか?」

「……飲まない方がいいかもしれない」

「酒で失敗したって、何しでかしたんだよ」

先程までの穏やかな表情から一転、高峰は苦々しい顔で押し黙ってしまう。

「新年会のときは高峰も普通に飲んでたよな? あの後なんかあった?」

「……まあ、そうだ」

「なんだよ。酔っ払って上司に絡んだ? それとも一夜の過《あやま》ち的な?」

冗談のつもりだったのに、高峰がぎくりと体を強張らせたので目を丸くした。まさか本当に一夜の過ちでもあったのか。

高峰は片手で顔を覆うと、指の隙間から細い溜息をついた。

「……過ち、かもしれない」

酔って火照《ほて》っていた体が一気に冷たくなる。椅子から腰を浮かせてしまい、テーブルに腿《もも》が当たって食器が揺れた。

「おっ、お前……っ、何したんだよ！」

「……訊かないでくれ」

「ここまで言っておいて⁉」

動転して声が大きくなった。指の間から見え隠れする高峰の顔には苦悩の色が滲んでいる。いったい何をやらかしたのか。

青ざめる尚哉に気づいたのか、高峰が慌てたように首を横に振った。

「刑法に引っかかるようなことじゃない。ただ、俺の気持ちの問題というか……」

「ますますわからん。本当に大丈夫なのか？」

高峰は神妙な顔でフォークを手に取り、オムレツを取り皿に移した。

「過ちというか、一時の気の迷いだな。飲みすぎて、ちょっと思考が飛躍しただけだ」

「酔った勢いで転職しようと思ったとか、そういう……？」

「まあ、思ってもみなかったことを考えたという点では、それに近い」

なんだ、と胸を撫で下ろす。いっぺんに心拍数が上がったせいか、指先が震えていた。

視線を上げると、向かいに座る高峰の顔が二重に見えた。急に立ち上がったり動揺したりしたせいで酔いが回ったのだろうか。

じっと見詰められ、どうした、と尋ねたら呂律《ろれつ》が回っていなかった。高峰はこちらを見たまま「飲み物はいいのか」と問う。

「じゃあ……ジンジャーエール」

「酒はもういいんだな?」

「だって高峰が飲んでないし」

つまんないだろ、と呟くと、わずかに高峰の目元が緩んだ。

「俺もまたお前と飲みたいよ」

「じゃあ禁酒なんてやめちゃえよ」

「いや、もう少し自分の心を見定めたい」

「なんだそれ。武士か」

急に酔いが回った。体が重く感じる。ひく、と小さくしゃっくりをすると、店員がジンジャーエールと深めの小皿を持ってきた。高峰がまた何か料理を頼んだらしい。

店員が尚哉の前に皿を置く。中を覗き込んで目を丸くした。顔を上げると、高峰が悪戯を仕掛けた子供のような顔で笑っている。

「オレンジのシャーベットだ。お前、そういうの好きだろう?」

驚いてしゃっくりが引っ込んだ。覚えていたのかと思ったら、目の周りにかぁっと熱が集まった。

「……よく、覚えてたな。大学のとき、俺がコンビニで売ってるオレンジシャーベットにはまってたの」

「ん? もちろんそっちも覚えてるが」

高峰は頬杖《ほおづえ》をついて、懐かしそうに目を細めた。

「小学生のとき、よく給食のおかずと冷凍ミカン交換しただろ?」

高峰が笑う。その顔が、小学生時代の顔と重なった。ある日突然尚哉の目に焼き付いて、未だに消えてくれない、あの笑顔だ。

高峰を見る自分がどんな顔をしているのかわからず、とっさに顔を伏せてしまった。

大学生の頃オレンジシャーベットばかり食べていたのは、甘くて冷たいあの味が、高峰からもらった冷凍ミカンに似ていて胸が疼《うず》いたからだ。けれどシャーベットは季節限定商品で、店頭から消えたときは淋しかった。

尚哉はそろりとスプーンを手に取ると、シャーベットをすくって口に運ぶ。目の端で、高峰が一層優しく目元をほころばせた。

「美味《うま》いか？」

舌の上でシャーベットが溶けて、甘酸っぱい匂いが口いっぱいに広がった。

小学生の頃、高峰の横顔を盗み見ながら冷凍ミカンを食べていたことを鮮明に思い出してしまい、尚哉は無言で頷く。

冷凍ミカンのことなど高峰はとっくに忘れていると思ったのに。自分の大切な記憶を、高峰も覚えていてくれたことが嬉しかった。同時に苦しい。想いが募《つの》って胸をふさぐ。

（諦めきれる気がしない……）

胸の内で呟いて、尚哉は口の中で溶けていくシャーベットを飲み下した。


さんざん飲み食いして、店を出る頃にはかなり夜も更けていた。尚哉も途中からノンアルコールに切り替えたので、だいぶ酔いは醒《さ》めている。

駅に向かう途中には橋がある。時間が遅いせいか人通りはなく、車も通っていない。

濃野橋のジンクスが頭を過ったが、敢えて口には出さず高峰とともに橋を渡った。

「そういえば、三好さんに連絡したか？」

尋ねると、橋の真ん中で高峰が足を止めた。すっかり失念していたようで、今頃ごそごそと携帯電話を取り出している。

「『すみませんでした』でいいか？」

「素っ気ないな。いい雰囲気だったのに」

「誰が？」

きょとんとした顔で問われ、これは脈がなさそうだ、と思った。それを喜んでしまう自分は、本当に性格が悪い。

メッセージを送った高峰は無造作に携帯電話をポケットへ入れ、橋の向こうを見た。

「ここ、地元の橋よりだいぶ短いな」

尚哉が敢えて避けていた話題に、高峰はためらいなく触れてくる。

「車も通らないし、この橋だったら二人で渡り切るのも簡単そうだ」

すでに橋を半分渡り終えたが、相変わらず車も通らず、歩行者の姿もない。

ここは濃野橋ではないし、例のジンクスも存在しないが、あの頃の再現のようで胸が苦しくなった。

足音が二人分響くばかりの静かな橋の上で、高峰はぽつりと呟く。

「誰もいないな。車も来ないし」

ああ、と低い声で相槌を打ったら、急に高峰がこちらを振り返った。

「このまま二人きりで橋を渡ったら、ジンクス通り恋人になるかもしれないな」

真顔で言われて、足が止まりそうになった。

高峰は元々表情が乏《とぼ》しい。冗談も真顔で言ったりする。これもいつもの軽口だと、わかっているのに息が止まった。

次の瞬間、腹の底から噴き上がってきたのは紛《まぎ》れもない怒りだ。

（それ！　俺が学生の頃、いつか言ってやろうって用意してたセリフだぞ！）

まだ高峰に振り向いてもらう可能性を捨てきれなかった頃、もしも二人きりで橋を渡れたら、まさしく今高峰が口にしたようなセリフを言うつもりだった。同性なんて恋愛対象ではないだろう高峰に、少しでも意識してもらいたくて。

（なんで諦めようと思った途端にそういうこと言うんだ、お前は⁉）

あまりにもタイミングが悪いので地団太を踏みそうになった。せめて先月、高峰を好きでいることをやめようと決心する前だったら、「本当に恋人になっちゃったらどうする？」くらいの返しはできただろうに。

尚哉はぎちぎちに眉間を狭《せば》め、低い声で「そういうこと言うのやめろ」とだけ言った。

高峰が何か言いたげに口を開く。その顔を、街灯の明かりとは違う白い光が照らし出した。ちりん、と小さな音がして、背後から走ってきた自転車が二人を追い抜いていく。

尚哉と高峰は無言で自転車を見遣り、同時に顔を見合わせた。

ここは濃野橋ではないとわかっているのに、気が抜けてどんな表情も作れなかった。そんな尚哉を見下ろし、高峰は微かに笑う。

「残念」

冗談にしては柔らかな声で言って高峰が前を向く。尚哉は斜め後ろからその背中を見詰め、なんだか泣きたくなった。

縮めようと躍起《やっき》になっても縮まらなかった距離が、諦めた途端に縮まりそうになるなんて皮肉なものだ。

(でも、あんなの冗談でしかないんだよな……)

距離を縮めて、もっと高峰に近づくことができたとしても、それは友人の範疇《はんちゅう》に留まるものだ。そこを無理やり突破しようとしたら、友人の位置すら危うくなる。

(どうやったら、好きって気持ちを捨てられるんだろう)

前を行く高峰は振り返らないし、甘い言葉を囁いてくれるわけでもない。それなのに、広い背中を見ているだけで想いが募っていくようで、本当にどうしようもないと尚哉は唇を噛みしめた。

三月に入っても、夜に吹く風はまだまだ冷たい。桜のつぼみも固いままだ。

客先での打ち合わせを終え、そのまま直帰《ちょっき》しようと駅に向かっていた尚哉《なおや》のコートのポケットで携帯電話が震えた。取り出してみて、思わず後ろにのけ反《ぞ》った。

高峰《たかみね》からメールが届いている。その内容は、『飲みに行かないか?』という簡潔なものだ。

いる。

（……ま、また？）

喜ぶよりも困惑した。それもそのはず、高峰からはこの二週間でもう四回も飲みに誘われて

洗濯機から異音がする、と訴える高峰につき合い家電量販店に行ったのが先々週のこと。早《さっ》速《そく》翌週の水曜も飲みに誘われたが、土曜に飲んだばかりなので断った。このときは高峰もすんなり引き下がった。

だがその二日後の金曜日、またも『飲まないか』と高峰から誘いがきた。

こんなに短いスパンで声をかけられるのは初めてでうろたえたが、これも心を鬼にして断った。そう毎週飲んでばかりもいられない。

しかし高峰の猛攻《もうこう》は止まらなかった。今週も火曜に誘いが来て、さらに今日だ。

どういうつもりだと天を仰《あお》ぐ。これまでは月に一度くらいのペースでしか会っていなかったし、高峰の方から誘ってくることも滅多《めった》になかったのに。

（なんだ……？　なんで急に？　まだ新年会で周りの奴らに言われたことでも気にしてんのか？　別に高峰のことが嫌いだから邪険《じゃけん》にしてるわけじゃないのに？）

高峰の行動がここまで変わるなんて、同級生たちに一体何を吹き込まれたのだろう。気になって、尚哉は駅に着くなり携帯電話を取り出した。

改札前のコンコースで立ち止まってアドレスを開く。高峰に面と向かって尋ねても言葉を濁《にご》

されそうだったので、新年会の幹事をしていた成川《なりかわ》に『ちょっと新年会のことで訊きたいことがあるんだけど』とメッセージを送る。すぐに『どした?』と返信があった。

『新年会で高峰になんか言ったか?』

送信マークをタップしたものの、これでは要領を得ないな、と思っていたら、案の定《あんじょう》成川から電話がかかってきた。

『あ、もしもし藤生《ふじお》? お疲れ、今電話しても平気? で、何あのメッセージ?』

電話の向こうから成川の明るい声が響いてきて、尚哉は手早く事情を説明した。

「……そんなわけで高峰の様子がおかしいんだが、何を言ったんだ?」

『いやいや、別にそんな変なこと言ってないと思うけど? ただ、高峰がやたらめったらお前の世話焼いてるから、過保護な母ちゃんみたいだなって』

「それだけか?」

そうだよ、と成川は断言するが信じがたい。たかがそれしきのことでこうも高峰の行動が変わるだろうか。首をひねっていたら、成川が少しだけ声のトーンを落とした。

『それより藤生、あの後大丈夫だったか? 俺、お前があんなにべろべろに酔っぱらうところ初めて見たぞ』

「え、そんなにヤバい酔い方してたか? なんか迷惑かけた?」

迷惑っていうか、と成川は口ごもる。

『……号泣《ごうきゅう》してたからさ』

「誰が？」

きょとんとして尋ね返せば「お前に決まってんだろ」と呆れを含んだ声で言い返された。

尚哉は驚いて声も出ない。終わり頃の記憶が曖昧《あいまい》だったのは事実だが、まさか人前で号泣するとは。絶句する尚哉に、成川は気づかわし気《げ》に続ける。

『ちょっと心配したんだぞ。仕事できついことでもあったか？　彼女に振られたとか』

「……いや、別に、そんな」

年末に多少気の滅入《めい》ることはあったが、泣くほどのことではない——つもりでいたのだが、案外こたえていたのだろうか。

『実際のところ、辛い恋でもしてるんじゃないか？』

思わぬ不意打ちに息が止まった。なぜそれを知っている。

「な、な、なんだ、それ……なんで」

『だって新年会のときお前があんまり泣いてるからさぁ、『好きな奴でもいるのか？』て訊いてみたら……』

成川の声を聞きながら、本気で貧血を起こしそうになった。なんてことを訊いてくれるのだ、そばには高峰もいただろうに。

『そしたらお前、『言わない』って言うんだよ。それもうほとんど好きな人がいるって白状してるようなもんじゃん？』

「ぐ、具体的な名前とかは……」

『さすがにそれは出てこなかった。どんなに尋ねても、『言わない』の一点張りでさ』

安堵して深く息を吐くも、成川の爆弾発言は止まらない。

『でも、高峰だったら知ってるかも』

「……っ、な、なんで高峰⁉」

『だって酔い潰れたお前のこと家まで運んだの、高峰だから』

「はっ⁉」と鋭《するど》く訊き返してしまった。高峰とは新年会の後も何度か会っているが、一度もそんな話はされていない。

『高峰も気にしてるみたいだったし、もしかしたら帰り道で聞き出されたりしたのかなって思ってたんだけど……。なんだ、お前全然覚えてないのか。次に高峰に会ったら、一応礼言っておいた方がいいぞ』

それじゃ、と成川が電話を切る。

通話が終わっても、尚哉は耳に携帯電話を押しつけたまま動けなかった。

高峰は、どうして新年会で尚哉が号泣したことや、尚哉を家まで送り届けたことについて一切言及《げんきゅう》しなかったのだろう。

大したことではないから言わなかったのか。それとも、理由があって言えなかったのか。

（まさか俺、高峰のこと好きだって、寝言でぽろっと漏らしたとか……ないよな？）

可能性は——ゼロではない。

全身からざぁっと血の気《け》が引いた次の瞬間、手の中の携帯電話が着信を告げた。

ディスプレイに表示されたのは高峰の名だ。飲みに誘うメッセージに尚哉が返事をしないので電話をかけてきたのだろう。これまではメッセージに気づかなかったという体《てい》で誘いを断っていたが、この電話に出ればさすがに断るのは難しそうだ。

逡巡《しゅんじゅん》の末、尚哉は思い切って通話ボタンをタップした。

『お、出たな。まだ仕事中だったか？』

尚哉は耳に携帯電話を押し当てたまま、いや、と掠《かす》れた声で答える。

「今、お客さんのところから帰る途中で……それより、さっき成川とちょっと話をしたんだ。新年会のとき、酔い潰れた俺のことお前がアパートまで送ってくれたって聞いたんだけど、本当か？」

電話の向こうで高峰が沈黙する。

即答しなかったのが答えのようなものだ。尚哉は震える指で前髪をかき上げた。

「なんで黙ってたんだ……。ていうか、お前に今住んでるアパートの住所教えてないはずだけど……」

『お前に訊いた。べろべろに酔ってたけど、自宅の住所は言えたから』

「それで家まで送ってくれたのか？　もしかして俺の部屋にも入ったとか？」

『入った。勝手にすまん』

「いや、ごめん、謝るのは俺の方だな。迷惑かけたのはこっちだし。それより……」

酔い潰れた自分は妙なことを口走らなかったか？　と尋ねたいのに、声が出ない。記憶がないだけに不安だ。口ごもっていると、高峰に『藤生？』と声をかけられた。

『今、外か？　会社の近く？』

「……いや、お客さんのところ。直帰だから、会社には戻らない」

『お客さんのところってどの辺だ？』

尚哉は振り返って改札の上に掲《かか》げられた駅名を読み上げる。

『俺のアパートから近いな。よかったら、これからうちで飲まないか』

「えっ、でも……っ」

『そのまま直帰なんだよな？』

しまった。仕事を理由に断れない。言葉を失う尚哉に、高峰は退路《たいろ》を断つように言う。

『飲みながらゆっくり、新年会のときの話をしよう』

携帯電話を握りしめる指に力がこもった。

高峰とは距離を置くべきだ。けれど、最近の高峰の行動はおかしい。その原因が新年会にあるのなら、まずは話を聞いておくべきではないか。

携帯電話を握り直し、尚哉は硬い表情で高峰の誘いを承諾した。

尚哉のいた駅から高峰の家までは三駅しか離れていなかった。高峰も会社から帰るところらしいので、高峰のアパートの最寄り駅で待ち合わせをした。

駅から歩いて十五分。現れたのは二階建てのアパートだ。尚哉が住んでいるアパートと規模も新しさもそう変わらない。通されたのは二階の角部屋だった。途中のコンビニで買った総菜《そうざい》やつまみを手に部屋に入る。

1Kの部屋は、大学時代に高峰が住んでいた部屋とほぼ同じ間取りだ。台所を横目に廊下を進んで奥の部屋に入る。ベッドと机に見覚えがあった。学生時代に使っていたものだ。

部屋の中央に置かれたローテーブルの前に腰を下ろしてジャケットを脱ぐ。初めて来る部屋なのに初めての気がしない。あのカーテンも、ベッドカバーも見覚えがあった。

（……高峰の部屋だ）

もう二度と高峰の私的な空間に足を踏み入れることはないだろうと思っていただけに感慨深い。就職と同時に高峰が引っ越したときは、新しい住所を尋ねなかった。別々の会社に就職した以上、これまでのように頻繁《ひんぱん》に互いの部屋を訪れることもないだろうと思ったからだ。

室内を見回していたら、高峰が電子レンジで温めた総菜を手にやって来た。唐揚げとたこ焼き、フライドチキン、餃子《ギョーザ》、玉子焼き、ポテトサラダ。思いつくまま買ったのだろうそれらをテーブルに載せ、最後に缶ビールと割り箸《わばし》を尚哉の前に置く。高峰の飲み物はジンジャーエールだ。

「乾杯」

テーブルを挟んだ向かいに腰を下ろした高峰にジンジャーエールを掲《かか》げられ、尚哉もビールの缶を持ち上げる。

「……で、なんで新年会のこと黙ってたんだ？」

ビールは一口含むに留めて早速尋ねたが、高峰は即答を避けるようにたこ焼きを口に放り込んで答えない。

尚哉は割り箸に手を伸ばすこともせず、思い詰めた顔で続けた。

「なんか、迷惑かけたんじゃないか？　俺、酔った挙句に号泣してたし」

「覚えてるのか」

今度はすぐに反応があった。こちらを見返す高峰の目が思いがけず真剣で、戸惑いつつも、いや、と首を横に振る。

「覚えてない。でも、成川がそう言ってたから……。それより、俺、何か妙なこと言わなかったか？」

「妙なこと？」

高峰が小首を傾《かし》げる。固唾《かたず》をのんで返答を待ったが、返ってきたのは「別に」という素っ気ない言葉だ。

「酔い潰れて寝てたからな。特にお喋《しゃべ》りはしてなかったぞ」

「ね、寝言みたいなのも……？」

「言ってない」

ほっとして肩から力が抜けた。高峰への恋心をうっかり漏らしてはいないようだ。

（でも、そうだよな……。もし俺の気持ちがばれてるなら、むしろ高峰は俺のこと避けるはずだもんな）

冷静になった途端、ようやくそんな当たり前のことに思い至った。

大きく息を吐く尚哉を見て、高峰はゆっくりと目を伏せる。

「妙なことは何も言ってなかったが、随分長いこと泣いてたな。タクシーの中で眠ってる間も、部屋に到着してからも、ずっと静かに泣いてた」

目を伏せた高峰の表情は硬い。それを見て、自分で思っていたよりずっと派手に泣いていたらしいことを初めて自覚した。

「そ、そうか、悪かったな」

「いや、こっちこそ、そんな状態だったのに気づいてやれなくて悪かった。新年会が始まった直後は楽しそうに飲んでるように見えたから……。もしかして空元気《から》だったか？」

「そういうわけじゃ……」

高峰が伏せていた目を上げ、一直線にこちらを見る。

「あのとき、何かあったのか？」

自分が酔い潰れている間に何があったのか尋ねるつもりが、逆に問われて言葉に詰まった。

自分の話はいい、と退《しりぞ》けたいところだが、一心にこちらを見る高峰の顔を見たら適当にあしらうこともできなくなる。

この男はこういうところがずるい。言葉を惜しむくせに、目が雄弁《ゆうべん》だ。本気で心を砕《くだ》いてくれているのが伝わってくるだけに適当な言葉であしらえない。

別に、と答える声が掠れてしまい、ごまかすようにビールを呷《あお》った。

「年末は実家に帰ってたから、こっちに戻ったばっかりで疲れてたのかもしれない」

「実家で何かあったのか？」

缶から唇を離し、「何も」と応じる。

ことさらに報告するようなことなど何もない。実家には両親がいて、母は得意の料理を振舞ってくれて、でもいつものごとくほとんど箸をつけられなかった。新年会で高峰と久々に顔を合わせたときも、まっさきに「やつれたな」と言われたくらいだ。

押し黙っていると、向かいで高峰が微《かす》かに笑った。

「こうやって問い詰めるような雰囲気になりそうだったから、黙ってたんだ」

視線を下ろし、高峰は唐揚げの載った器《うつわ》に箸を伸ばす。

「無理に言わなくていい。でも、何か困ってることがあるなら、いつでも聞かせてくれ」

心配はしても深追いはしない。耳を傾ける準備があることだけ告げ、高峰は大きな唐揚げを一口で頬張《ほおば》る。

（もしかして、最近やたら飲みに誘ってくれたのって、新年会で泣いてた俺を気にかけてくれたからなのかな……）

そんなことで、と思う反面、高峰ならやりかねない、とも思う。

どこまで人が好《い》いのだと思っていたら、玉子焼きを一切れ食べた高峰が「お」と声を上げた。

「これ、お前が好きそうだぞ。うちのお袋が作るのと同じ、甘い玉子焼きだ」

高峰が玉子焼きの載った器を差し出してきた瞬間、中学校の昼休みを思い出した。机を並べて弁当を食べていた頃、よくおかずの交換をした。

尚哉の家の玉子焼きは、出汁《だし》を利《き》かせた甘くない玉子焼きだ。一方、高峰家の玉子焼きには砂糖しか入っておらず、おかずというよりデザートのように甘くて、不思議と実家の玉子焼きより口に馴染《なじ》んだ。

玉子焼きに箸を伸ばし、半分に切って口に運ぶ。高峰が言う通り甘い。飲み込んで、残りの半分も口に入れた。

高峰はその様子を眺め、ほら、と目を細める。

「好きだろ、お前」

柔らかな笑みを向けられ、好きだ、と口を滑《すべ》らせそうになった。玉子焼きが、ではなくて、高峰が。

「……玉子焼きといいオレンジシャーベットといい、よく俺の好みなんて把握してるな」

「お前が好んで口に運ぶものなんて少ないからな。なんだかんだと付き合いも長いし」

高峰は軽い口調で言うが、付き合いが長ければわかるものでもないだろう。

現に尚哉の母親は、尚哉が甘い玉子焼きを好むことを未だに知らない。

「他は？　何か食べられそうなもんあるか？　早くしないと全部食っちまうぞ」

冗談めかした口調で言って、高峰はテーブルの上の料理に次々と箸を伸ばす。新年会で尚哉がらしくない酔い方をしたことについてはもう尋ねるつもりもないらしい。

遠回しな優しさがくすぐったい。こうなると、尚哉の方が黙っていられなくなった。

「……年末に帰省したら、母親が食事を作ってくれたんだ。三日間、全部和食だった」

ジンジャーエールを飲んでいた高峰がちらりとこちらを見て、「珍しいな」と言う。

「おばさんは洋食しか作らないいんじゃなかったか？　和食は祖母《ばあ》ちゃん専門だって」

「実家にいた頃はずっとそうだったから、俺も驚いた。でも母さんたちもいい年だし、和食中心の食生活に変えたのかな、と思った」

食事の席には父親もいた。尚哉が実家にいた頃は年末年始も仕事に駆り出されていたが、最近は父の仕事も落ち着いたらしい。普段も夕食は自宅でとっているそうだ。

食事中、最近は和食中心なのかと尋ねると、思わぬことを父に言われた。父は洋食より、和食を好んでいるらしい。むしろ洋食は苦手だそうだ。

父の隣で、そうよ、と母も頷く。当然知っていたと言わんばかりの顔で。

その日の食卓に並んでいたのは、味噌汁と白米、魚の煮つけ、芋《いも》の煮っ転がし、ヒジキの煮物ときんぴらごぼう、ホウレンソウの胡麻《ごま》汚《よご》しだ。

子供の頃、母は洋食しか作らなかった。当時から尚哉は偏食《へんしょく》が激しかったが、和食よりは洋食の方がまだ食べやすかった。母もそれをわかって洋食ばかり作ってくれるのだと、ずっとそう思っていた。

けれど実家に泊まっている間、食卓に洋食が出ることは一度もなかった。食事の際も、昔のように母親から一挙一動を見守られることはない。

玉子焼きは出汁を利かせた甘くないもので、それを父は美味《うま》そうに食べていた。

「それでようやく、ここにあるのは俺のための料理じゃないんだなって理解したんだ」

父親の配膳《はいぜん》を気にして、あまりこちらに目を向けなくなった母を見て、この人はもう、たまに家に帰ってくる自分のためには料理を作らないのだなと、そう悟《さと》った。

「新年会で酔い潰れた理由に思い当たる節《ふし》があるとすれば、それだけだな」

尚哉が喋っている間、高峰は箸の動きを止めて耳を傾けていた。尚哉がビールを飲むタイミングで、ようやく言葉を挟んでくる。

「……ショックだったか？」

気づかわし気に尋ねられ、どうだろうな、と肩を竦《すく》める。

「昔みたいに俺のための料理がどっさり用意されてなかったことにはホッとした。でも、どっと疲れもしたな。もしかして俺、親父の身代わりだったんじゃないかと思って」

ビールを飲み干した尚哉に新しい缶を手渡しながら「身代わり？」と高峰は眉を顰《ひそ》める。

尚哉は黙りこくって新しい缶を手の中で転がした。実家に帰ったとき、胸を過《よぎ》った気持ちを言葉にするのは難しい。父や母に何か言われたわけでもない。自分の思い違いかもしれないのだ。

食事中、父を眺める母は満足そうで、もしかすると最初から母は、父のために料理を作りたかったのではないかと思った。けれど尚哉が幼い頃、父は滅多《めった》に家にいなかったから、その淋しさを紛《まぎ》らわせるように手の込んだ料理を尚哉に振舞っていたのではないか。

和食しか作らなかった祖母もそうだったのかもしれない。いつだって父のために、父の好物を作ってその帰りを待っていた。

思い返せば最初から、祖母も母も、父のことを第一に考えていた。父が転勤したときも、迷わず父についていくことを決めたくらいだ。

尚哉は小学五年生で、仲のいい友人たちと離れるのは淋しかった。せめて小学校を卒業するまで父が単身赴任をしても良かったはずなのに、母も祖母も、そんなことは頭にも浮かんでいない様子で引っ越しを決めた。家の中心は、いつだって父だったのだ。

「母さんと祖母ちゃんは、親父のこと取り合ってたんじゃないかと思う。ある意味ライバルだったのかもしれないな」

母はずっと、父に振り返ってほしくて祖母と張り合っていただけなのかもしれない。その証拠に、祖母が亡くなり、父の仕事が落ち着いたら、宅配便を使ってまで尚哉に手料理を送ってこなくなった。

ビールのプルタブを開け、尚哉は小さく笑う。

「もしそうだったとしたら、子供の頃の自分が馬鹿みたいだなと思って、疲れただけだ。母さんと祖母ちゃんが自分のために作ってくれた料理なんだからって気を使って、どっちの料理から箸をつけるか毎日悩んで……」

理由はどうあれ、毎度食事の支度をしてくれたことには感謝している。けれど父親に「今日は何が食べたい？」と尋ねる母を見て、自分は最後までそれを訊いてもらえなかったな、と思ったら、なんだか体から力が抜けた。

「だから、まあ、疲れてたんだよ」

缶の底を天井に向けてビールを呷る。顔を前に戻したら、深刻な表情でこちらを見る高峰と目が合ってぎくりとした。

言葉にされるまでもなく、全力で案じられているのがわかって慌てて胸の前で手を振る。

「いや、別に、俺の飯もちゃんと用意してあったし、あんまり食わない俺より、よく食う親父の好みに合わせて料理作るのは当然だし、そんなに凄く落ち込んだわけじゃない」

「でも」

「違う、本当に。いや、多少へこんだけど、むしろこんなことでへこむ程度には疲れてんだなぁって自覚しただけだ」

尚哉は必死で言い募《つの》る。父や母は普段通り尚哉を迎えてくれたし、邪険にされたわけでもない。社会人になったばかりの尚哉をあれこれ気にかけ、心配もしてくれた。

むしろ食卓に並んだ和食を見て、昔のような食事を用意してくれなかった、と落ち込む自分の精神状態が危うかったのだ。疲れ果てて、心を守る城壁がぼろぼろと崩れかけていることを自覚した。

だからこそ、新年会ではガス抜きに羽目を外そうとして、うっかり飲みすぎただけの話である。

「……会社で何かあったのか？」

心配顔の高峰に尋ねられ、開き直って「そりゃあるだろ」と返した。

「電話の相手の名前が聞き取れなかったり、お客さんのところに持ってく資料間違えたり、上司からパワハラまがいの説教くらったり」

社会人になり、学生時代には知る由《よし》もなかったプレッシャーに押し潰されかけていたのは事実だ。去年は夏休みもろくに取れず実家に帰れなかったし、久々の帰宅で気が緩《ゆる》んだのだろう。

至って普通の失敗談ばかり口にする尚哉を見詰め、「会社でとんでもないトラブルがあったわけではないんだな」と高峰は念を押す。

「会社でも私生活でも、何もない」

「成川は……藤生が彼女に振られたんじゃないかって、心配してたぞ」

どことなく言いにくそうな顔で切り出されて目を丸くした。違うのか、と言いたげな目を向けられ、耐え切れず声を立てて笑う。一番あり得ない話だ。

「振られてない。まず彼女がいないし」

「いないのか？」

口元に苦い笑みを残して高峰から目を逸《そ》らした。いるわけもない。だって俺はお前のことが好きなんだぞ、などと口走ったらどんな顔をされるだろう。

「……いないのか」

再確認するように呟いて、高峰が餃子に箸を伸ばす。と思ったら、唐突にこんなことを言い出した。

「今度、なんか作ってやろうか？」

「なんかって？」

「料理。甘い玉子焼きぐらいだったら作れる。多少焦《こ》げるかもしれないが」

突然の提案に目を白黒させる尚哉をよそに、高峰は気負いもなく続ける。

「お前の好きそうなもんだけ詰めた弁当でも作るか。甘い玉子焼きと……あと、なんだ。おにぎりか？　具が入ってないやつなら食べられるよな？」

「な、なんだよ急に？」

「お前になんか食ってもらおうと思って」

淡々と受け答えをする高峰が何を考えているのかよくわからない。困惑する尚哉の前で二つ目の餃子を頬張った高峰は、尚哉の目を見て言った。

「何が食べたい？」

ぽんと放り投げるように口にされた言葉を、危うく捉《とら》え損《そこ》ねかけた。

瞬《まばた》きを二回ほどして理解する。それは尚哉が、母親に言ってほしかった言葉だ。

「……作ってくれんのか？」

「よっぽど珍しいものじゃなければ」

そこでふと、高峰が口をつぐんだ。

「……こういうところが過保護って言われるのか？」

尋ねられ、その通りだ、と思った。「なんでそこまで……」と力なく呟くと、高峰が軽く眉を上げる。

高峰は腕を組んでしばらく考え込んでいたようだが、最後は眉を下げて笑った。

「なんでだろうな？」

気の抜けた笑みに胸を鷲摑《わしづか》みにされた。さらに、続く言葉で轟沈《ごうちん》する。

「わからんな……なんだってこんなに、お前のことは放っておけないんだか」

ほとんど自問するような呟きに動転して、口に含んでいたビールを噴きそうになった。もう少し深酒をしていたら、酔いに任せて高峰の胸倉を摑み「どういう意味だそれは⁉」と問い詰めていたかもしれない。そんなことを言われたら、特別扱いされているような気分になってしまう。

この期《ご》に及んで期待なんてさせてほしくなかった。こちらはもう高峰を諦めるつもりでいるのだ。尚哉の誕生日まですでに二週間を切っている。そのラインを超えてしまったら諦観《ていかん》の境地に至ってしまいそうで怖い。このまま一生片想いを続けていく覚悟が決まってしまいそうだ。

「で、何が食いたい？」

尚哉の煩悶《はんもん》など知らず、高峰はさらりと質問を重ねてくる。いらない、と言えばいいものを、高峰の作ってくれる弁当に激しく興味をそそられた。高峰の手料理を食べてみたい。自分のために弁当を作る高峰が見たい。

（俺のために――）

胸の底に小さな期待の欠片《かけら》が散らばる。それを拾い上げて、かき集めて、一生分の片想いの糧《かて》にしてしまおうかと心が揺らいだ。

テーブルに置かれた高峰の携帯電話が震えなければ、実行に移していたかもしれない。

ディスプレイにメッセージアプリのポップアップが表示される。差出人は、三好《みよし》だ。

高峰はちらりと携帯電話を見たものの、特にそちらに手を伸ばすでもなく箸を動かしている。

しかし尚哉は気が気でない。

「いいのか、三好さんからメッセージ届いたみたいだけど」

「後でいい」

「……三好さんと、あれから連絡取り合ってるのか？」

高峰はたこ焼きを食べながら無表情で頷く。興味がないのか照れ隠しなのかわからず、勢い身を乗り出してしまった。

「なんか進展あったのか？　まさか、また二人で会ったり……？」

「いや、たまに向こうから連絡が来るだけだ」

「だけって……へ、返事とかは……？」

「してる。無視するのも悪いし」

「さすがにアプローチされてんのはわかってるよな!?」

「そういう感じじゃない。他愛《たわい》ない日常会話しかしてないし」

「お前――……」

さすがに三好に同情した。

普通、さほど親しくもない異性から頻々《ひんぴん》とメッセージが届いたら、『貴方《あなた》と仲良くなりたいです』というサインを送られていると気づきそうなものを。

高峰が色恋沙汰に鈍《にぶ》いのはわかっていたつもりだが、それにしたって酷《ひど》い。

（異性相手でこれだったら、俺なんてこの先何十年そばにいても、絶対そういう目で見られるわけないいな……）

正面切って「好きだ」と伝えたら、けろりとした顔で「ありがとう」と言われそうだ。容易に想像がついてしまって、尚哉は唇を歪《ゆが》めるようにして笑った。

「どうした？」

急に笑い出した尚哉を高峰が不思議そうな顔で見ている。虚《むな》しさも度が過ぎると、泣くより先に笑ってしまうようだ。尚哉は泣き笑いに似た表情を浮かべ、姿勢を正した。

「お前な、そういうのは生殺しって言うんだ。期待させるなよ」

「期待させるようなことはしてない」

「メッセージに応《こた》える時点で期待させてんだよ。嫌われる覚悟で無視しろ。変に期待させると恨《うら》まれる」

「結果が伴《ともな》わなければ勝手に諦めるだろう。諦めるかどうかは本人が決めることだし、こっちから引導《いんどう》を渡してやる義理もない」

「ははっ、お前、それ――」

短く笑って、尚哉は後ろに倒れ込んだ。ラグを敷いた床にしたたか背中を打ったが痛くもない。背中の痛みなど気にもならないほど、ざっくりとえぐられた胸が痛んで息が止まりそうだ。

「なんでとどめを刺すんだよ」

正論過ぎてぐうの音も出ない。

高峰に彼女ができればいいいと思って三好をけしかけた自分は、まさしく高峰から引導を渡されるのを待っていた。自力では、もうどうあっても諦めがつかなかったからだ。

天井を見上げると、照明の白い光がぐにゃりと歪んだ。目の上に掌《てのひら》を乗せたら、同じタイミングで高峰が身を乗り出してくる。ぎりぎり涙目を見られずに済んでほっとした。

「どうした、飲みすぎたか？」

「……いや、ちょっと休憩」

息を整え、高峰の言葉を反芻《はんすう》する。

引き際は自分で決めるより他ない。相手が引導を渡してくれるのを待っていたら、きっと一生諦めきれない。

ならば今だ。今しかない。

（高峰のこと、諦めよう）

そばにいれば、自分は際限なく高峰に惹かれてしまう。となればもう、物理的な距離を置く他ない。目の上に載せた手を外し、勢いをつけて起き上がりビールを呷る。

「あんまり酒ばかり飲むなよ。何か食え」

「わかってる」

「次に飲むときは弁当用意しておくか？」

テーブルの上に缶を置き、尚哉は正面から高峰を見た。

料理に箸を伸ばしていた高峰が手を止めた。尚哉の表情が先程までと違うことに気づいたのかもしれない。ゆっくりと箸を置き、どうした、と低い声で問う。

高峰の、ここぞというときの勘の鋭《するど》さが好きだった。相手の視線を静かに受け止める無表情も。口ごもる相手を急《せ》かさない気の長さも。どんなくだらない言葉にも黙って耳を傾けてくれる鷹揚《おうよう》なところも。

挙げればきりがないほどだ。お人好しで鈍感で、どうしてお前なんだろうと思ったこともあったけれど、高峰を想う気持ちは覆《くつがえ》らなかった。

報《むく》われない恋心に引導を渡す覚悟がようやく定まり、尚哉は口元に穏やかな笑みを浮かべる。

「弁当はいらない。彼女に作ってもらうから」

思ったよりも自然な口調で言えた。高峰はひとつ瞬きをして、それからゆっくりと目を見開く。

尚哉は存外穏やかな気分でその顔を見守った。ようやく本当に諦めがついたのかもしれない。

「彼女はいないんじゃなかったか？」

「新年会の時点ではな。今は兼森《かなもり》さんとつき合ってる」

嘘をついているというのにまったく動揺しなかった。長年抱え込んでいた恋心の息の根を止めた直後で、周辺の心も多少壊死《えし》してしまったのかもしれない。

高峰は目を見開いたまま、いつから、と身を乗り出してくる。

「この前、電気屋の前で会ったときはまだつき合ってなかったんだよな？」

「うん、その後。俺から連絡入れて、何度か会って、付き合い始めたのはついこの間」

人生で、こんなにもスムーズに嘘をつけたことなどない。口元に浮かんだ笑みはどこまでも自然で、だから高峰も尚哉の言葉を疑うことをしなかったようだ。

高峰は尚哉の顔を見返し、短く沈黙してから目を伏せた。

「そういうことは、早く言え」

「悪い。なんか気恥ずかしくて」

高峰が驚いた顔をしたのは一瞬で、すぐに普段の無表情に戻った。その顔を眺め、尚哉は少しだけ酔いの回った口調で言う。

「だから、これからはお前に食事の心配してもらわなくても大丈夫だ。兼森さんと飯食いに行くから。お前とは、今までみたいな頻度《ひんど》で会えなくなるけど」

高峰がこちらを見る。

万が一高峰が落胆したような顔をしたら。そうしたら、始末したはずの恋心が一瞬で息を吹き返してしまいそうで少しだけ緊張した。

けれど現実はいつだって、尚哉の予想を軽やかに裏切る。

高峰は尚哉を見て、柔らかく目を細めた。

「そうか。よかったな」

高峰が笑う。こんなときだけいつもの仏頂面《ぶっちょうづら》を取り払った優しい顔で。

尚哉はそれに応えるように、唇の端を限界まで左右に引き伸ばした。口元さえ笑っていれば、眉が妙な具合に歪んでいても一応笑顔に見えるはずだ。

「寂しくなっちゃうんじゃないか？」

冗談めかして尋ねれば、高峰が少しだけ眉を下げた。

「ああ、寂しくなる」

「ははは っ！」

尚哉は声を立てて笑いながら、目の端に滲《にじ》んだ涙を乱暴に拭《ぬぐ》った。

淋しくなる、と言った高峰は、本心からそう思っているように見えた。

その顔が見られただけで十分だ。報われない恋心の墓標《ぼひょう》にするにはちょうどいい。

「それじゃ、乾杯しよう」

「今更か」

「いいだろ、ほら。新しい恋に、乾杯！」

酔って浮かれたふりをして、ビールの缶を高々と上げた。高峰も苦笑して、ジンジャーエールを軽く掲げてくれる。

缶を傾けながら、長年抱えていた恋心に別れの手を振った。長く引き留めてしまって悪かった。でも今度こそ本当に諦められる。

このアパートで酒を飲むのはきっとこれが最初で最後だ。しみじみ思いながら、尚哉は惜別《せきべつ》ごと味わうようにゆっくりとビールを飲んだ。


終電の時間が近づく頃、尚哉は高峰の部屋を出た。学生時代は高峰の家に泊まって雑魚寝《ざこね》をすることもあったし、高峰は今日もそのつもりでいたようだったが断った。

電車に乗って自宅へ向かう。車体の揺れにまだ酔いの残る体を預け、最寄り駅に到着すると夜空に向かって大きく息を吐いた。

静まり返った夜道に、足音がやけに大きく響く。こつこつと、規則正しい音に耳を傾けていたら急に視界が曇《くも》った。

しまった、と思ったときにはもう眼球に涙の膜《まく》が張っていて、街灯の光が乱反射した。

尚哉は敢えて目元を拭うことはせず、コートのポケットに両手を入れて目を見開く。なんだよ、高峰の部屋では耐えきっただろ、と自分を鼓舞《こぶ》してみるが、今にも目の縁《ふち》から涙の粒がこぼれ落ちそうだ。

自宅まであと数分。その数分が耐えられない。

高峰の部屋から離れ、満員電車からも解放されて、誰もいない夜道を歩いていたら、もう限界とばかり涙腺が決壊《けっかい》した。

アパートが見えたとき、とうとうぼろりと涙が頬を伝った。あとはもう止めようもない。両目から次々涙が伝い落ちる。

尚哉は唇を噛んでアパートの外階段を上がり部屋に入る。後ろ手で部屋の鍵をかけると、玄関先の明かりをつけるのも忘れてドアに凭《もた》れかかった。

暗い部屋に、自分の乱れた息遣いが響く。もういいだろ、よく耐えた、と自分を褒《ほ》めてやってその場にしゃがみ込んだ。

コートが汚れるのも構わず三和土《たたき》に腰を下ろし、ドアに凭れて両手で顔を覆った。掌の下の顔はびしょ濡れだ。深く息を吐いたら脇腹が痙攣《けいれん》して嗚咽《おえつ》が漏れる。

今度こそ高峰のことを諦めようと覚悟を決めたら、最後の最後で子供の頃の自分が嫌だ嫌だと泣き出した。泣いたって喚《わめ》いたって高峰が振り返ってくれるわけでもないのに、まだ諦めたくないと地団太を踏んでいる。

尚哉は敢えて泣きやむ努力はせず、出るに任せて涙を流した。嗚咽を殺すこともやめ、声を上げて泣く。

泣くことはむしろ、諦めるための準備運動だ。どう足掻《あが》いても手に入らないのだと理解したからこそ涙も出る。

泣きながら、なんで高峰は俺を好きになってくれないんだろうと、子供の頃からずっと考えていたことをまた思った。

世の中努力でどうにかならないことはたくさんあって、その最たる例が他人の心を動かすことだ。こちらに興味を持っていない人間の視線を、数ミリ動かすことすら難しい。

そんなことくらいわかっているのに、愚《おろ》かにも期待することをやめられない。長く想いを寄せ続けていれば、いつかこの恋心に気づいてもらえるかもしれないと思って、こんなにも長く高峰に執着し続けてしまった。

でも、それももう終わりだ。異性から送られる秋波《しゅうは》にすら気づかない高峰が尚哉の恋心に気づくことはないし、気づいたとしても引導は渡してくれない。

(自分で諦めるしかないんだ、俺が、自分で)

泣きながら自分に言い聞かせる。初恋なんて熱病のようなもので、そのうち消えてなくなるだろうなんて甘い考えは捨て去り、自《みずか》ら幕引きをするのだ。

恋心は、もしかすると一生残るかもしれない。火傷《やけど》の痕《あと》のように。

だとしても、包帯を巻いて視界に入れないようにする方法だってあるはずだ。

(高峰にはもう会わない)

友達のふりをしていても、そばにいれば想いは募るし、何度だって期待してしまう。

（連絡も取らない）

なんだかんだと高峰から連絡が来ると流されてしまうことはこの数週間でよくわかった。

尚哉はぐすぐすと鼻を鳴らしながら携帯電話を取り出すと、アドレスを開いて高峰の名前をタップした。

真っ暗な室内に、携帯電話の明かりだけが青白く浮かび上がる。瞬きで涙を払い、高峰の名前を見詰めること数秒。尚哉は無言で高峰からの着信を拒否すべく携帯電話の設定を変更した。よく使っているメッセージアプリも立ち上げ、こちらからも高峰の通知を受けとらないように設定し直す。

ほの白く光るディスプレイを見下ろし、尚哉は深い溜息をついた。

最初からこうしていればよかったのだ。職場が同じわけでもないのだし、こうすればもう、高峰との接点は切れる。

（……こんなに簡単だったんだ）

わかっていたのに実行に移せなかった。高峰を諦めきれなかった。

これでようやく、と思ったら、また喉の奥から嗚咽がせり上がってきた。諦めるための準備運動はまだしばらく終わらないらしい。

握りしめた携帯電話のディスプレイに涙が落ちて、高峰の名がぐにゃりと歪む。次の瞬間、携帯電話の明かりが落ちて、室内が夜の海のような闇に閉ざされた。

嗚咽は止まらない。繰り返す波のようなそれに、尚哉は自身の気が済むまでつき合い続けた。

そろそろ朝のニュースで、桜の開花予報が流れ始めた。道行く人も真冬の分厚《ぶあつ》いコートから、軽いトレンチコートに着替える頃だ。

尚哉《なおや》の誕生日を翌日に控えた金曜の夜、客先から会社に戻るなり芝浦《しばうら》に腕を掴まれた。

「藤生《ふじお》！　お前最近は金曜の夜空いてるんだよな⁉」

「え？　あ、空いてるけど？」

答えるが早いか、腕を引かれて給湯室《きゅうとう》へ連れ込まれた。芝浦は顔の前で両手を合わせ、「頼む！」と勢いよく頭を下げる。

「今日の合コン、女の子と数が合わないからお前も出てくれ！」

「お前、また合コンの幹事やってるのか」

「こうでもしないと出会いがないんだよ！」

頼むよ、と再三《さいさん》頭を下げる芝浦は必死だ。

合コンに興味はないが、芝浦には先月の合コンで高峰《たかみね》を無理やり面子《メンツ》に加えてもらった借りがある。「わかった」と承諾すると、ぱっと芝浦の顔が輝いた。

「いいのか！」

「ああ。今日は残業もなさそうだし」

「そっかそっか、金曜の夜はもうすっかり身軽になったんだな。ちょっと前まで誰の誘いにも乗らなかったのに」

屈託《くったく》なく笑う芝浦に、尚哉は微《かす》かな笑みを返す。

高峰からの着信を拒否するようになってから、今日で丸一週間。当然高峰からの連絡はない。高峰自身、尚哉から着信を拒否されていることに気づいているのかわからない状況だ。

着信拒否されていることに気づいたら、高峰はどんな反応をするだろう。何かあったのかと心配するだろうか。それとも、さすがに失礼だと憤慨《ふんがい》するだろうか。

こんなふうに高峰のことを考えていても、以前のように心が浮《うわ》つくことはない。むしろこちらから一方的に連絡手段を切ったのだという罪悪感で、胸にヤスリをかけられるようだ。

浮かない顔で仕事を終え、芝浦に案内されて合コン会場へ向かう。

今回の会場は会社から少々離れた場所にあるダーツバーだった。

メンバーは男女ともに七名。大きなテーブルを囲み、まずは男性と女性が対面になるよう席に着く。

尚哉は数合わせでこの場にいるだけなので、女性たちと積極的に会話をするつもりもなく隅の席へと腰を下ろす。

料理が続々とテーブルに並べられ、飲み物も揃うと、早速《さっそく》幹事の芝浦が声を張った。

「本日は楽しく飲んで、お互い親睦《しんぼく》を深めていきましょう！　では、カンパーイ！」

照明を絞《しぼ》った店内で、男女がグラスを掲げ合う。尚哉もグラスを上げ、俯《うつむ》きがちにビールを飲んだ。乗り気でないことを隠すつもりもなく、無言でちびちびとビールを飲む。

高峰との連絡を断《た》ってからというもの、生活の張りが失われてしまった気がする。まったくどれだけ高峰を人生の中心に据《す》えていたのだろう。自嘲《じちょう》しながら視線を上げ、尚哉はうっかり咽《むせ》そうになった。

ずっと目を伏せていたので気がつかなかったが、向かいに座っている女性がじっとこちらを見ている。見覚えがあると思ったら、そこにいたのは兼森《かなもり》だった。

兼森はすでにこちらに気づいていたようで、気まずそうな顔でぺこりと頭を下げてくる。尚哉も会釈《えしゃく》を返し、隣に座る同僚の耳に入らぬよう身を乗り出した。

「兼森さん、あの……もしかして、また」

「はい……友達に誘われてしまって……」

眉尻を下げた兼森は心底困り果てた様子だ。強く頼まれると断れないタイプらしい。

尚哉の隣にいた同僚が「知り合い？」と声をかけてくる。兼森に興味を持ったようだ。弱り顔を浮かべた兼森を見て、そういうことならと尚哉は同僚に牽制《けんせい》をかけた。

「知り合いっていうか、この前も合コンで一緒になったんだ」

「え、二回連続？　珍しい」

「そう。運命かもしれないから、ちょっと二人でゆっくり話をさせてくれ」

同僚と兼森が驚いたような顔をする。すぐに同僚は「わかった、ごゆっくり」と他の女性に目を向けたが、兼森は戸惑い顔だ。

「あ、あの……藤生さん、私……」

「彼氏いるんですよね？　知ってます。だから俺とお喋《しゃべ》りしてましょう。他の奴らに絡まれなくて済みますから」

途端に兼森はほっとしたような顔になって、尚哉に頭を下げてきた。

「ありがとうございます。もしかして、藤生さんも彼女さんがいるとか……？」

「いいえ、俺の場合は片想いですね」

話題もないので馬鹿正直に答えると、兼森の目がぱっと輝いた。

「片想い！　長いんですか？」

「小学校の頃からです」

自分で言って、重いな、と苦笑する。粘着質《ねんちゃくしつ》だと気味悪がられるかもしれないと思ったが、意外なことに兼森は「一途《いちず》なんですね！」と興味津々《しんしん》で話に食いついてきた。

「でも、もう諦めるつもりで……」

「どうしてです？　そんなに年季の入った恋なのに」

「見込みもないですし……。あの、他人の恋愛話なんて聞いて楽しいですか？」

「楽しいですよ！」

即答されてしまった。実際、兼森はこれまで見た中で一番生き生きした顔をしている。

合コン会場にいても酒を飲むくらいしかやることがなかった尚哉は、兼森に問われるまま己の初恋について話すことになった。ようやく墓に埋めることができた恋心に、花を手向《たむ》ける気分で。

ところが、兼森は大人しそうな顔をして結構過激だ。墓を暴《あば》くようなことを言い出した。

「それ、絶対告白した方がいいですよ」

爛々《らんらん》と目を光らせた兼森が強い口調で言う。サワーも二杯目なので少し酔いが回ってきたのか、最初より格段に口数が増えている。

尚哉は三杯目のビールを飲みながら、いやいや、と首を横に振った。

「友達でいたいんですよ」

「告白したら恋人になれるかもしれないんですよ」

「それはないでしょう」

尚哉が思いを寄せる相手が同性だとも知らず、兼森はしきりと告白を勧《すす》めてくる。

「可能性があるのにもったいないですよ」

「ないんです、本当に」

「わからないじゃないですか。そりゃ、好きな相手ほど本心を伝えることに臆病になってしまうのは理解できますが……」

「そういうものですかね」

兼森はサワーを飲みながら、「それはそうでしょう」と確信を込めた口調で言った。

「相手が大事であればあるほど、本心を伝えられないものですよ。嫌われたくなくて。それですれ違って、勘違いされて……でも、そんなの誰も報《むく》われません」

兼森の言葉に耳を傾けながら、ふと思い出したのは祖母の姿だ。

尚哉が実家にいた頃の祖母はかくしゃくとして、料理を作る手際は見事なものだった。母親と笑顔で嫌味の応酬《おうしゅう》をするくらい頭も回り、仕事で帰りの遅い父親に対しても「お勤《つと》めご苦労様」と淡々と声をかけていた。

そんな祖母も亡くなる直前は意識が混濁《こんだく》して、病床《びょうしょう》でずっと父の名を呼んでいたらしい。なぜそばにいない、なぜ帰ってこない、とうわごとのように繰り返していたと後から聞いたときは驚きを禁じ得なかったものだ。

(あっちが祖母ちゃんの本音だったのかな……)

息子に煩《わずら》わしく思われたくない。その一心で、本心を押し隠していたのだろうか。

「ともかく、フェードアウトはよくないです。諦めたことになりません」

物思いにふけっていた尚哉は、兼森の熱を帯びた声で我に返る。酔いが回ったのか、兼森の頬はだいぶ赤くなっていた。

「よくないですか」

「せめて相手の連絡先を消すとか」

「そこまでしなくても……」

「それは『もしかしたら』って期待を残しておくことと一緒です。諦めなんてつきませんよ、一生。消すべきです」

断言されてぎくりとする。

高峰のアドレスはまだ携帯電話に残したままだ。消せと言われて躊躇《ちゅうちょ》した。着信を拒否したことで完全に高峰を諦めたつもりでいたのに、俄《にわ》かに確信が持てなくなる。

「……厳しいですね。それより、そろそろ別のもの飲みませんか？ ウーロン茶とか」

動揺を隠して兼森にドリンクメニューを差し出したとき、テーブルの向こうで芝浦の声が上がった。

「おっと、ここで飛び入りです！ 今回の合コンにぜひ参加したいと熱烈アピールしてきた男が到着しました！」

入り口に近い席でわっと歓声が上がる。

どうしても人数が足りないから、と泣きつかれて合コンに参加した尚哉は眉を寄せる。それほど熱心に参加したがる男がいるなら、自分を呼ぶ必要などなかったではないか。

芝浦へと目を向け、その傍《かたわ》らに立つ男を見た尚哉はうっかりメニューを取り落とした。

芝浦の隣に立っていたのが、高峰だったからだ。

高峰は走ってここまでやって来たのか肩で息をしている。何かを探すように店内を見回し、尚哉を見て動きを止めた。そのまま大股《おおまた》でこちらにやってこようとする。

ぎょっとして席を立ちそうになったが、酔っぱらった芝浦が「お前はこっちだよ！」と高峰の腕を摑んで無理やり自分の隣に座らせたのでぎりぎり事なきを得た。だが、ぎりぎりだ。尚哉から一番離れた席に座ってもなお、高峰はちらちらとこちらを見ている。

(な、なんであいつがこんな所に⁉)

前回の合コン後、芝浦と連絡先を交換したとは聞いていたが、個人的なやり取りをするほど親しくなっていたのだろうか。

(それよりあいつ、俺に着信拒否されてることに気づいてるのか⁉)

万が一理由を問われたらどうしたらいい。頭を抱えて呻《うめ》いていると、向かいから声をかけられた。

「藤生さん？　どうしました、お水でも飲みます？」

はっとして顔を上げる。酔って顔を赤くした兼森を見て、ざっと体から血の気《け》が引いた。

(俺、兼森さんとつき合ってるって高峰に言っちゃったんだよな……？)

もしもこのまま合コンがお開きになったら、絶対高峰は自分と兼森のところにやってくる。そうしたら、いっぺんに嘘がばれてしまう。

（どうしたらいいんだ、どうしたら……⁉）

混乱を極めた尚哉は、酔ってふわふわと左右に揺れている兼森に詰め寄った。

「兼森さん、すみません！　一生のお願いが……！」

「え、一生のお願いって、懐《なつ》かしいですね。小学生の頃に聞いて以来かも」

うふふ、と笑う兼森に、尚哉は鬼気迫《ききせま》る表情で頼み込んだ。

「今だけ俺の彼女のふりしてもらえませんか、事情は後で説明しますから！」

「え、私が藤生さんの？　でも私……」

「わかってます！　彼氏がいるのはわかってるんですけどお願いします！　万が一兼森さんの彼氏にばれたら全力で濡《ぬ》れ衣《ぎぬ》を晴らしますから、今だけお願いします！」

押し殺した声で口早《くちばや》にまくし立てると、兼森はぼんやりした瞬《まばた》きの後、「わかりました」とにっこり笑った。若干《じゃっかん》不安の残る反応だったが、尚哉は「よろしくお願いします」と兼森に深く頭を下げる。

とりあえず、兼森とつき合っているという嘘はつき通すことにした。着信拒否についてはどう説明しよう。なにも思いつかずぐるぐると考え込んでいるうちに杯《はい》が進む。気がつけばビールのグラスを次々空にしていた。

高峰が到着して一時間足らずで、尚哉にとって地獄のような合コンがお開きとなった。

幹事に支払いをして外に出た尚哉は、兼森を連れそそくさと店を離れようとする。が、合コン中に無闇にビールを飲んでいたものだから足元が覚束《おぼつか》ない。少しも行かぬうちに、あえなく高峰に呼び止められてしまった。

「藤生、ちょっといいか」

すでに高峰に背中を向けていた尚哉は、ここまでか、と奥歯を噛むと、強張《こわば》った頬を無理やり動かし、辛《かろ》うじて笑みのようなものを作ってから振り返った。

「た、高峰も来てたのか。偶然だな」

「偶然じゃない」

高峰は大股で尚哉のもとまで近づいて、低い声で言った。

「お前、俺の着信拒否にしてるだろ」

やはりばれていたらしい。声を呑んだ尚哉を見て、高峰は軽く目を眇《すが》める。

「お前と連絡がつかないから、芝浦にお前の様子を尋ねてみたんだ。そうしたら、『藤生なら今、合コンに参加中だ』って言われたから、急遽《きゅうきょ》俺も参加させてもらった」

尚哉は片手で顔を覆う。突然連絡が途絶えたら心配されるかもしれないとは思ったが、まさか高峰がここまで積極的な行動に出るとは想定していなかった。

高峰は沈痛《ちんつう》な面《おも》持ちの尚哉から、その隣に立つ兼森へと目を向ける。

「……彼女、俺にも紹介してくれないか」

低い声にびくりと肩を震わせ、そっと兼森を振り返った。目元を赤くした兼森はにこにこと笑うばかりで何も言わない。恋人のふりをしてほしいという尚哉の頼みを理解してくれたのか、はたまた『彼女』という言葉を単なる三人称と捉えたのか。

ぼろが出ないことを祈りつつ、尚哉は兼森を伴《ともな》い近くのコンビニエンスストアの前へ移動した。高峰も大人しくついてくる。

コンビニの駐車場で足を止め、尚哉は覚悟を決めて高峰を振り返った。

「改めて、こちら……兼森さん」

「こんばんは、兼森です。この前は三好《みよし》さんも一緒でしたよね」

笑顔で頭を下げた兼森に、高峰も「先日はどうも」と会釈をしたが、どうにもその顔が硬い。本物の彼女か疑っているのかもしれない。

高峰の背後ではひっきりなしにコンビニ客が店を出入りしていて、自動ドアが開くたびに、おでんだか揚《あ》げ物だかパルプの匂いだかわからない、コンビニ特有の匂いが噴き出してくる。

「あの……高峰？　もういいか？」

沈黙に耐え切れなくなって尋ねると、高峰がおもむろに口を開いた。

「兼森さん。藤生に飯食わせてますか？」

脈絡《みゃくらく》のない言葉に目を瞠《みは》る。尚哉だけでなく、ほろ酔いの兼森もきょとんとした顔だ。そんな中、高峰だけが真剣な表情を崩さない。

「今日の合コン中、そいつ何も食べてなかったみたいですけど。藤生はこっちから勧めない限り固形物とか食べませんよ」

「お、おい、なんだ急に……」

常にない詰問《きつもん》口調に驚いて割って入ったが、高峰は尚哉を見もせずに質問を重ねる。

「兼森さん、本当に藤生とつき合ってるんですか？」

妙な質問の後はいきなり核心を衝《つ》いてきた。うろたえて、尚哉は兼森を自身の背後に隠すようにして前に出た。

「つき合ってるに決まってるだろ。兼森さんは俺の彼女だ！」

動揺して声が大きくなってしまった。コンビニから出てきた男性客が怪訝《けげん》そうな顔でこちらを見る。酔っ払い同士の喧嘩と勘違いされては面倒だ。兼森の肩を摑んでその場を離れようとしたとき、店から出てきた男性客が目を見開いた。

「明子《あきこ》⁉」

コンビニの駐車場に素《す》っ頓狂《とんきょう》な男の声が響き渡る。たちまち兼森の肩が強張《こわば》って、酔って赤みを帯びていた顔から血の気が引いた。

「康太《こうた》君……！」

えっ、と尚哉は兼森の目線を追う。その目は正面に立つ高峰を通り越し、背後にいる男性客に向いているようだ。

愕然《がくぜん》とした顔で見詰め合う二人を見て、まさか、と尚哉も青ざめた。素早く身を屈《かが》めて兼森に耳打ちする。

「兼森さん、コンビニから出てきたあの男性、まさか兼森さんの彼氏……とか?」

兼森は強張った顔のまま頷き、助けを求めるように尚哉を見上げてきた。

その仕草がよほど親密そうに見えたのか、コンビニから出てきた男性が高峰の体を押しのけこちらにやってくる。

「明子、お前……! 二股かけてたのか!」

「ち、違うよ康太君……! この人はそうじゃなくて……!」

「だって今そいつ、お前の肩抱いて『俺の彼女だ』って言ってたぞ!」

男が勢いよく尚哉を指さす。尚哉たちと同年代か。小柄な兼森とさほど身長の変わらない細身の男性だ。私服姿であるところを見るとこの近くに住んでいるのかもしれない。

(彼氏の家の近くで合コンに参加するって、兼森さん案外肝《きも》が据《す》わってるな……!?)

などとのんきなことを考えている場合ではない。このままでは兼森が二股をかけたことになってしまう。慌てて兼森とその彼氏の間に割って入ろうとしたところで、呆然と立ち尽くす高峰の存在を思い出した。

瞬間、喉《のど》に石でも詰まったかのように声が出なくなった。ここで本当のことを打ち明ければ、高峰に嘘をついたことがばれてしまう。となれば、なぜそんな嘘をついたのだと問い詰められるだろうし、小さなほころびをきっかけに、長年隠していた恋心まで露呈《ろてい》してしまうかもしれない。

そう思ったら、兼森と彼氏が言い争う現場を目《ま》の当たりにしてなお声が出なかった。

この期《ご》に及んで、酒の席で兼森が言っていた言葉は間違いではなかったのだと思い知る。行動せず可能性だけ残しておくことは、諦めたことにはならないのだと。

相手に何も言わず、答えも求めず、ただほのかな期待だけを大事に抱き続けている。そのためなら、他人を犠牲《ぎせい》にすることも厭《いと》わずに。

（……こんなの、母さんや祖母《ばあ》ちゃんと同じじゃないか）

唐突に気づいてしまって、棒を呑んだように立ち尽くした。

祖母と母は、尚哉の父親に最後まで「私のことが大切？」と尋ねることができなかった。きっと母は「お義母《かあ》さんと私、どっちが大事？」と尋ねたかっただろうし、祖母は「お嫁さんと私、どちらを優先するの？」と尋ねたかったに違いない。でもできなかった。尋ねない限り、自分が選ばれる可能性を残しておけるからだ。

母も祖母も同じようなことを考え、家庭を顧《かえり》みない父親を詰《なじ》ることもせず、とばっちりのように尚哉が迷惑をこうむった。

あれと同じことを、兼森に対して自分はしているのだ。自分が傷つきたくないばかりに、他人を犠牲にしようとしている。

（あの二人と同じだなんて、絶対嫌だ……！）

かつてない衝動に突き動かされ、尚哉は兼森と彼氏の間に割って入った。

「待ってください、誤解です！」

「何が誤解だ！」

興奮した彼氏が尚哉の胸倉を摑む。背後にいた高峰がはっとした顔で彼氏を制止しようとしたが、それを待たず尚哉は声を張り上げた。

「俺はゲイです！」

腹の底を震わせるような大音声《だいおんじょう》で叫べば、兼森の彼氏の顔からすっと怒気《どき》が引いた。ぶつけられた言葉をすぐさま理解できなかったのか、尚哉の胸倉を摑んだままぽかんとした顔でこちらを見上げてくる。

騒がしかった駐車場に唐突な静寂が訪れた。傍らにいる兼森も、彼氏の後ろにいた高峰も、こぼれんばかりに目を見開いてこちらを見ている。

こうなればもうやけくそだ。合コン中に散々飲んだ酔いも手伝い、これを最後に高峰との縁も切る覚悟で高峰を指さした。

「俺はそこにいるあいつのことが好きで、でもゲイだってばれたくなくて兼森さんに口裏を合わせてもらっただけです！　もともと女性は恋愛対象じゃありません！」

「……はっ、そ、そんな嘘くさい言い訳、信じられるわけ……」

うろたえながらも反論してくる彼氏の手を、尚哉はむんずと摑んだ。

「――好みって言うなら、兼森さんより貴方《あなた》の方が好みですけど？」

地の底から響くような低い声で言ってやると、彼氏が慌てたように指先を緩《ゆる》めた。尚哉はその手を離さず、自分の方へ引き寄せる。

「一緒にお茶でも飲みながらゆっくりご説明しましょうか⁉」

「ひぇっ、すみません！　もう結構です、誤解でした！」

兼森の彼氏が好みだなんて嘘八百だったが、尚哉の迫力に相手はすっかり怯《ひる》んだようだ。勢いよく尚哉の手を振り払うと、そばにいた兼森の背後に隠れてしまった。

尚哉はジャケットの内ポケットから名刺を取り出し、それを彼氏に押し付ける。

「まだ疑うのならいくらでもご説明しますので、こちらの番号までご連絡ください。兼森さんも、何かあったらすぐ連絡を。俺が妙なことを頼み込んだのが原因なので」

「わ、わかりました……」

兼森にも名刺を渡し、尚哉はその場を離れるべく踵《きびす》を返す。

「……おい、藤生」

背後から、高峰の弱々しい声が追いかけてきたが振り返らなかった。振り返れるわけがない。勢いで恋心を暴露した直後だ。どんな顔を向ければいい。

兼森やその彼氏はもちろん、高峰にもそれ以上呼び止められることはなく、尚哉は無言でその場を立ち去った。

合コンが行われたダーツバーは、会社から二駅ほど離れた場所にあった。滅多《めった》に降りない駅なので土地鑑《とちかん》がない。さすがに駅の方向はわかったが、すぐに電車に乗り込む気にはなれず、コートのポケットに両手を突っ込んで俯《うつむ》きがちに歩き続けた。

無意識に人気《ひとけ》の少ない場所へ足を向けていたらしく、ふと気づいたときには真っ暗な川沿いを歩いていた。

立ち止まって川を見る。夜なので流れの速さはよくわからない。黒い川の表面で街灯の光が跳ねるのが目に映るばかりだ。

川面《かわも》を眺め、またとぼとぼと川沿いを歩く。散々飲んで、大声を出して、さすがに酔いが回ってきた。泥の中を歩くように足が重い。

しばらく行くと小さな橋が見えてきた。ほんの十数メートルの、車がすれ違うこともできない小さな橋だ。そちらに足を向けたところで、カバンの中に入れた社用の携帯電話が震えた。

兼森からメールがきていた。先程渡した名刺に書かれていたアドレスを見たのだろう。『彼氏の誤解は解けました。こちらはもう大丈夫です』とある。

ひとまず胸を撫で下ろした。自分のせいで兼森と恋人の仲が険悪《けんあく》になってしまっては大変だ。橋のたもとで足を止め、妙なことを頼んでしまった謝罪とともに、『何かあったらまたいつでも連絡してください。釈明に向かいます』とメールを送った。

携帯電話をカバンに戻すと、力なく欄干《らんかん》に凭《もた》れた。眼下ではさらさらと川が流れている。橋から川までの距離は数メートルほどで、川幅もさほど広くない。

真っ黒な川面を眺め、終わったなぁ、と改めて思った。どさくさに紛《まぎ》れ、高峰に告白まがいのことをしてしまった。

（逆に吹っ切れてよかったのかもしれない）

やってしまった、とは思うものの、胸を覆うのは後悔ばかりでもなかった。祖母や母のようにならずに済んだと思えば、むしろすっきりした気分だ。

目を上げれば、川の両岸に点々と並ぶ街灯と、遠くに連なるマンションの明かりが夜に浮かび上がっていた。川の音が絶えず耳に触れる。時間が遅いせいか、車の走る音も聞こえない。町中が寝静まったかのように静かだ。

尚哉は橋向こうに視線を移すと、欄干からふらりと身を離して歩き出した。

夜の橋を渡りながら、頭に浮かぶのは濃野橋《こいのはし》のジンクスだ。あの橋を、好きな人と二人きりで渡れたら恋人同士になれる。一人きりで渡り終えたら一生恋人はできない。

ここは地元の橋とは違う。でも、あのジンクスを今ここで真実にしてしまおう。

幸《さいわ》い橋の向こうから車や自転車、通行人がやってくる気配はない。辺りは住宅街が近いらしく静まり返って、川の流れる音が響くばかりだ。

気が急《せ》いて、次の一歩が大きくなった。

このままずっと一人で、誰に期待や執着をすることもなく平穏に生きていこう。高峰への想いを再燃させることもなく、一人で。

あと数歩――と思ったとき、後ろから勢いよく腕を引かれた。

背後から近づいてくる人の気配に全く気付いていなかった尚哉は驚いて振り返り、そこにいた人物を見て目を瞠《みは》った。

橋の終わりに近い場所で、尚哉の腕を摑んで引き留めたのは高峰だ。走ってきたのか、肩を大きく上下させている。

まさか高峰が追いかけてくるとは思っておらず、とっさにはどんな言葉も浮かんでこない。

立ち尽くす尚哉の前で高峰は苦し気《げ》な呼吸を繰り返し、腕を摑む指に力を込めた。

「藤生、さっきの……ゲイだって言ったのは」

ぎくりとして高峰の手を払いのけようとしたら、前より強い力で腕を握りしめられた。

「あれは、兼森さんの彼氏の誤解を解くための嘘か？」

高峰の顔は真剣だ。それを見て、そういう考え方もあるのかと場違いに感心した。同時に、同性を恋愛対象とみなしていない人間でなければ出てこない発想だ、とも思う。

高峰の恋愛観をまざまざと見せつけられて絶望する反面、微かな希望も胸に芽吹《めぶ》いた。

ここで高峰の言葉を肯定《こうてい》すれば、また友達に戻れるかもしれない。たまに飲みに行って、他愛のない話をして、高峰が勧めるつまみに気まぐれに箸《はし》をつけて――そういう時間を手放さずにいられるのか。

想像して、期待に胸が膨《ふく》らんだのはほんの一瞬だった。

そうなったら、また高峰の隣でこの想いを押し殺さなければならない。諦めたふりをしながら期待してしまう。苦しいばかりだ。

（もう無理だ）

一度高峰への想いを口にしてしまったら、これまでのように恋心を隠し切れなくなった。風船に針の先で穴でも開けたように、どこからともなく苦しい恋心が漏れてしまう。

こうなったらもう、本当のことを打ち明けよう。覚悟を決めて口を開きかけたそのとき、突然高峰が動いた。

「待ってくれ！」

橋の上に大きな声が響き渡り、とっさに口をつぐんでしまった。高峰自身、自分の声の大きさに驚いたような顔をして、「すまん」と口元を手で覆う。

「……可能性を潰してから行動に出るのは卑怯《ひきょう》だな。やっぱり、先に言わせてくれ」

尚哉の腕から手を離し、高峰が姿勢を正した。こちらを見る表情は険《けわ》しく、いっそ怒っているようにすら見える。

何を切り出すつもりだろう。息を詰める尚哉の前で高峰は大きく息を吸い込むと、押し殺した声で言った。

「さっきのセリフが、兼森さんの彼氏を納得させるための嘘でもなんでも、俺は……嬉しかった」

「……嬉しい？」

ぴんと来ない言葉に首を傾《かし》げれば、高峰がもどかしそうに体の脇で拳《こぶし》を握った。眉間《みけん》を狭《せば》め、一層《いっそう》声を低くする。

「嬉しい。俺も、お前が好きだから」

なんだか不機嫌そうにも見える顔で、何を言われたのかよくわからなかった。

高峰とは十年以上の付き合いだが、面と向かって「好き」だなんて言われたのは初めてだ。友人として好きだと、そういうことだろうか。だとしても、ゲイかもしれない相手にこのタイミングで言うのはいかがなものか。勘違いされかねない。

「……どうした。酔ってるのか？」

心配になって尋ねると、苦々《にがにが》し気《げ》な顔で「酔ってない」と返された。

「禁酒中だ。今日だって一滴も飲んでない」

「まだ禁酒続けてるのか」

「この禁酒だって、お前のおかげで始める羽目になったんだ」

苦し気に呟き、高峰は片手で口元を覆ってしまう。気分でも悪いのかと、尚哉は慌てて高峰の腕を引っ張った。

「おい、大丈夫か。ていうか、禁酒始めた理由って俺と関係あるのか？　なんで？」

混乱は募《つの》る一方だ。とりあえず高峰を欄干に凭れかからせ、尚哉もその隣に立った。

お互い欄干に肘《ひじ》をつき、橋の下を流れる川に目を向ける。高峰は息を整えるように溜息をついて、「新年会」と呟いた。

「一月の新年会で、酔い潰れたお前をアパートまで運んだって言っただろ」

「ああ、悪かったな。世話になった」

高峰が何か言おうとして、思い直したように口を閉ざす。ためらって声を出せずにいるのが空気越しに伝わってくるようだ。

なんだろうと思っていたら、高峰が両手で顔を覆った。

「お前を部屋に運び入れた後、寝てるお前に、つい……うっかり、出来心で……いや、酔い過ぎて」

「なんだよ、蹴《け》りでも入れたのか」

「キスをした」

驚きすぎて、みぞおちに拳を叩き込まれたような声が漏れてしまった。

愕然と目を見開いて高峰を見る。高峰は両手で顔を覆っているせいで表情が見えない。信じられず、手荒にその肩を揺さぶった。

「な、なんでそんなことしたんだ！」

「……すまん。殴ってくれ」

「殴らないけど、な、なんでそんな⁉」

理解できずしつこく高峰の肩を揺さぶっていると、ようやく高峰が指の間から目を覗かせた。

「店でも、タクシーでも、家に着いてからも……お前がずっと泣いてたから。眠りながら泣いてるあの顔を見てたら、つい……」

「そ……っ」

そんなに泣いてたのか、という言葉と、そんなことで、という言葉が同時に喉の奥からせり上がってきて、結局どちらも口にすることができなかった。

硬直していると、欄干に肘をついた高峰がこちらに横目を向けた。目が合って、すぐに逸《そ》らされる。まるで照れ隠しのように。

高峰との付き合いは長いが、こんな反応をされたのは初めてだ。事ここに及んで、高峰が口にした「好き」という言葉が重みを増して、尚哉も慌てて川面に視線を戻した。

（いや……いやいや、期待するな、高峰は彼女がいたことだってあるんだし、まさかそういう意味で好きって言ってくれるわけ……）

ないはずだ。期待するな。落胆したくない。

「よ……酔ってたってことだな、よっぽど」

おかしくもないのに笑いながら言ってやれば、高峰が「うん」と呟いた。

酔っていたから、気の迷いだ。そう続くのだろう。ほら見ろ、キスをした理由なんてその程度だ。期待しなくてよかった。高峰からキスをされるなんて奇跡は二度と起こらないだろうし、全く覚えていないのはもったいないが。そんなことを思って笑ってみたものの、笑い声は掠れて弱々しくなった。落胆は免《まぬが》れなかったようだ。

しかし、後に続いた高峰の言葉は、予想と少し違っていた。

「俺も、酔ってたからあんなことしたんだと思った。だから酒をやめたんだ。そうしたら、何か考えが変わるかもしれないと思って。……でも、何も変わらなかった」

尚哉は瞳を揺らし、前髪の隙間からそっと高峰の横顔を窺う。

「去年の年末はほとんどお前と会えなかっただろう」

川に視線を落としたまま、淡々とした口調で言う高峰の横顔からは、先程までの苦し気な表情が薄れていた。何か思い定めたような顔つきだ。

「藤生は放っておくと平気で飯を抜くから、会えない間もずっと気になってはいたんだ。あいつは飯を食ってるのか、また酒ばかり飲んでいないかって」

「……その割に連絡もなかったけどな」

「お前も年の瀬で忙しいかと思ったんだ。同じ学校に通ってた頃ならまだしも、卒業後まで口やかましく飯を食えって言うのもおかしいかと思って、控えてた」

高峰の口調に何かを繕《つくろ》う様子はない。本当に尚哉を気にかけてくれていたようだ。

「だから、新年会で久々にお前の顔を見たときは『やっぱり』と思った。貧血起こしたみたいな真っ白い顔して、ろくに食ってないんだろうなと思ったら……何か、こう、腹の中で爆発したような気がした」

「……さすがに呆れたか？」

見限られても仕方ないと思ったが、高峰は真顔で「いや」と首を横に振った。

「呆れたわけじゃない。爆発したのは、『こいつは俺がいなくて大丈夫なのか』って気持ちだ」

昔からぼんやり抱えていた気持ちが、結実したような気がしたと高峰は続ける。

思えば小学生の頃から、自分はずっと尚哉を見ていた。それはもう、まだ尚哉と親しく口を利く前から。転校してきたばかりの尚哉が、小鳥が餌《えさ》をついばむ程度しか給食を口に運ばず、いつも青白い顔をしている姿を見て言い難《がた》い不安に襲われた。

少しくらい食べたほうがいいんじゃないか。食べられないものがほとんどなら、せめて食べられるものは多めに食べさせようと、給食当番のときは尚哉が口に運びそうなおかずを人知れず多めに盛りつけたりもした。

尚哉が体育の授業で倒れたときは、ずっと抱えていた不安が決壊《けっかい》したようで、いても立ってもいられず駆け寄ったくらいだ。

「新年会のときもいつもの調子でお前にいろいろ食わせてたら、成川《なりかわ》たちにやりすぎだって言われた」

尚哉が食べられそうなものを次々注文してはテーブルに並べ、尚哉の残したものを片っ端から食べ、また新しい料理を注文する。そんなことをしていたら周りから「過保護」「普通そこまでしない」と声がかかって、そのとき初めて、自分がやりすぎなくらい尚哉に構っていることを自覚した。友達なら普通だろうと思ったが、周りの反応を見るにそうでもないらしい。

「そのうちお前が泣き始めて、それを見てた成川が『彼女にでも振られたんじゃないか』なんて言い出したから、妙に動揺した」

「な……なんで」

どきりとして声がつっかえてしまった。

高峰は束《つか》の間《ま》口を閉ざし、探り探り言葉を選ぶように答える。

「あのときは、これまでお前が、彼女を作ったことがなかったから、だと思った。離れてる間に、俺の知らない人間関係を築いてるんだなと思って……淋しい、ような気がした」

アパートに送り届けた後も、尚哉はずっと泣いていた。もう号泣《ごうきゅう》はしていないが、ベッドに入っても目を閉じたまま静かに涙をこぼしている。この状態の尚哉を残して帰るのも気が引けて、ベッドの傍らに座り込んでじっとその様子を見守った。

偏食《へんしょく》で小食な尚哉の肌はかさかさと乾いている。油っ気のある物を食べている様子はない。それでいて吹き出物の類《たぐい》はないのだから不思議だ。やつれてはいないが、肌の白さは病的だった。クッキーやゼリーのような栄養補助食ばかり口に運んでいるのだろう。空きっ腹に酒など流し込んでいないだろうか。

尚哉の頬を伝う涙を拭《ぬぐ》いながら、自分はずっと尚哉の心配ばかりしている、と思った。

新年会に誘われたときも、真っ先に尚哉の顔が頭に浮かんだ。十二月は尚哉と飲みに行っている暇もなかったので、きちんと食べているのか気になる。成川に確認して、もしも尚哉に声をかけていないなら自分から誘う気ですらいた。

顔を見たら見たで、早速何か食べさせたくなった。なんだかんだ言いながらも、自分の差し出すものに尚哉が全く箸をつけなかったことはない。

食べ残しゼロ月間中、クラス全員を敵に回しても尚哉は給食に口をつけようとしなかった。祖母や母親にどれだけ笑顔で圧力をかけられても、食卓に並ぶ料理も、弁当も、宅配便で送られてくるおかずにも手をつけない。

そんな尚哉が、自分が料理を差し出したときだけはひな鳥のように素直に口を開けてくれる。給食の時間、冷凍ミカンを手渡したときは驚いたように目を見開き、大事そうに一房《ふさ》ずつ口に運んでいた。

多分、あのときだ。あのときから自分は尚哉に何か食べさせたくて仕方がない。ろくに食べずにまた倒れないかと心配で、差し出した皿に箸を伸ばす姿を見ると嬉しくなる。

泣きながら眠る尚哉を眺め、そんなことを自覚した。そうだったのか、と思ったらやけにすっきりして、それでつい、尚哉の髪を撫で、頬にキスをしてしまった。

「ほっぺたかよ！　ていうか、それは理由になってんのか……⁉」

一連の話を聞き、尚哉は裏返った声で尋ねる。食べさせたい、と、キスしたい、がどこでつながったのかわからない。

耳まで赤くする尚哉とは対照的に、高峰は落ち着き払った顔をしている。

「俺もお前に対してどういう感情を抱いているのかよくわからなくなって、そのときは酒のせいにしたんだ。だからまず、禁酒をしようと思った。素面《しらふ》の状態でお前と接していれば、いずれ何かわかるかもしれないと思って。それなのに、お前が急に『独り身でいるのをやめる』なんて言うから……」

言葉尻が溜息に溶ける。

尚哉のセリフは高峰にとって、狙い澄ましたタイミングで飛んできたデッドボールのようなものだったらしい。

これまで恋愛に一切興味を示さなかった尚哉がそんなことを言い出すなんて、もしや尚哉にキスをしたことがばれたのではと思った。「自分は女性にしか興味がない」と言外に示されたのかもしれない。

そんな疑念もあっただけに、尚哉から飲みの誘いを断られたときは動転した。

このまま距離を置かれるのではと焦って、尚哉の会社の前まで行ってしまったほどだ。

「最初は、お前に彼女ができたらそれはそれでいいのかもしれないと思った。俺以外の誰かがお前に飯を食わせてくれるなら安心だ……と、思ったんだが」

欄干から身を離し、体ごとこちらに向けた高峰に倣《なら》い、尚哉も欄干に凭れていた身を起こした。

「今日、兼森さんと一緒にいるお前を見て、とんでもなく苛々《いらいら》した。お前は相変わらず青い顔してるし、飯も食わない。兼森さんも全然お前に飯を食うように勧めないし、何をしているんだと思った」

高峰は斜め下に視線を落とすと、軽く奥歯を噛みしめた。

「合コンの間中、どうしてお前の隣にいるのが俺じゃないんだって、ずっと思ってた」

悔しそうな顔だった。何に対しても鷹揚《おうよう》に構えている高峰が滅多に見せない表情だ。自分がそんな顔をさせているのかと思ったら、胸の内側で心臓が大きく跳ねた。咳き込みそうになって、とっさに胸元を押さえる。

高峰は再び尚哉に視線を戻し、意を決したように告げる。

「合コンの間ずっと苛々してたのに、その理由がよくわからなかった。でもコンビニでお前が俺のこと好きだって言ってくれて、苛々が全部帳消しになった。俺は、多分ずっと、お前のその言葉が欲しかったんだ」

普段あまり口数の多くない高峰が、懸命に言葉を尽くしている。かつて向けられたことのない熱っぽい目で見詰められ、いっぺんに首から上が熱くなった。視線を受け止めきれず目を泳がせれば、高峰が一歩前に出て距離を詰めてきた。

「だから、もう一度聞かせてくれ。兼森さんの彼氏に向かってゲイだって言ったのは、その場限りの嘘か？　それとも本心か？」

すぐには返事ができなかった。頭の片隅で、高峰が抱《いだ》いているのは本当に恋愛感情なのだろうかと疑問を呈《てい》する自分がいる。高峰は異性愛者だ。同情が横滑《よこすべ》りしたとか、行き過ぎた友情を勘違いしているだけかもしれない。

でも、そうだとしても、高峰は先んじて自分の想いを詳《つまび》らかにしてくれた。尚哉の本心を確かめてから告白をした方がリスクは少なかったはずなのに。

誠実な男だ。ならば自分も、その誠意に応えたい。

覚悟を決め、尚哉は体の脇で拳を握った。

「嘘でもなんでもない。本心だ。俺は、人生の半分近い時間お前に片想いしてる。次の誕生日が来たら、いよいよお前に片想いしてる時間の方が年単位で長くなる」

緊張して声が潰《つぶ》れた。激しく胸を叩く心臓の鼓動が声に伝わって言葉尻が震える。

高峰は目を見開いて、そんなに、と呟いた。

「そんなに長いこと、俺のこと好きでいてくれたのか……」

度を超えた執着心を気味悪がられるかと思ったが今更だ。苦しい息の下から訴える。

「そうだ、好きだ。今も」

この先も。多分ずっと好きなんだろう。

どうやって諦めればいいのかわからないくらいに好きだ。一度口に出してしまえばもう、よく今まで胸の底に隠しておけたものだと思うくらいに想いが溢れて目頭《めがしら》が熱くなった。

橋の上は静かだ。相変わらず人も車も通らない。高峰も何も言わず、コートの襟元から冷たい風が吹き込んできて身を竦めた。

思い余って告白したはいいが、急に高峰の反応を確認するのが怖くなった。

改めて男から好きだと言われ、高峰はどう思っただろう。やっぱり違う、と感じてはいないだろうか。

ぶるりと体に震えが走って、尚哉は深く顔を伏せる。

「もし、高峰も同じ気持ちなら、このまま一緒に橋を渡り終えてくれないか。そうしたら、恋人になれるかもしれない、から……」

地元のジンクスを、当然高峰も知っている。

学生の頃、何度も何度も挑んで、失敗して、制服を着た高峰の背中を切ない気持ちで見詰めていた。でももしかしたら、今日こそ二人きりで橋を渡れるかもしれない。

当時のことを思い出し、息苦しいほど高鳴る胸を宥《なだ》めていたら高峰がぽつりと呟いた。

「……妙なことを言うんだな」

平坦な声に体が強張る。さすがに浮かれすぎたか。それともやっぱり、男同士で告白し合うなんて気味が悪いと正気付いてしまったか。

　足元を見詰めて動けずにいたら、視界に高峰の手が入り込んだ。ためらうように指先で空《くう》を掻《か》き、そっと尚哉の手に触れてくる。

　おっかなびっくり顔を上げると、ぎこちなく手を握られた。

「橋を渡り切らなくても、もう恋人だろ」

　そう言って、高峰が照れくさそうな顔で笑う。

　繋いだ手はお互い冷え切っていた。高峰も同じくらい緊張していたのかもしれない。

　わかった瞬間、両目からどっと涙が溢れた。

　急に泣き出した尚哉を見て、高峰がぎょっとしたように身を乗り出してくる。

「お、おい、大丈夫か……」

　尚哉は唇を噛みしめ、うぐうぐと声を殺して泣く。こらえようにもこらえきれない。片手で目元を覆って泣き顔を隠そうとすると、高峰に片腕で抱き寄せられた。

　こんな往来で、と思ったのは一瞬で、顔を押しつけた肩口から高峰の匂いがして嗚咽《おえつ》を殺せなくなった。

　こんなに長く一緒にいたのに、知らなかった匂いだ。十年以上そばにいたのに、この距離まで踏み込んだことはなかった。

　もう友達の距離を保たなくてもいいんだと思ったら、たまらない気分になった。

「おい、藤生……そんな、泣くほどか？」

うろたえたような声を出す高峰に、お前はわかってない、と言ってやりたくなった。人生の半分も想いを寄せていた相手だぞ、泣くほどに決まっているだろうと詰ってやりたい。

お前なんか、と涙で溺《おぼ》れた声で呟く。うん、と高峰も耳を傾けてくれる。

「い……っ、一生つきまとってやる……！」

諦めようとしたのだ、自分は。それなのに、最後の最後で手を差し伸べてきた高峰が悪い。

そんなようなことを泣きながら言うと、高峰が肩を震わせて笑った。

「そうか、一生か」

うんざりするほど重たいセリフをぶつけてやったはずなのに、どうしてか高峰の声は嬉しそうだ。

「じゃあ、まずは橋を渡り切ろう。お前、結構あのジンクス気にしてるんだろ？」

尚哉の肩を抱き、高峰は早速橋を渡り始める。よろよろとその隣を歩きながら、尚哉も袖口《そでぐち》で乱暴に目元をこすった。

相変わらず、人も車も通らない。橋の終わりまであと数歩だ。尚哉に合わせてゆっくりと歩きながら、高峰が言う。

「二人きりで橋を渡り切ると恋人になれるなら、恋人同士が渡り切った場合どうなるんだろうな？」

目元を赤くした尚哉の顔を覗き込み、常になく機嫌のよさそうな顔で高峰は笑った。

「一生離れられなくなるかもしれないぞ」

冗談めかした口調なのに、声には聞いたことのない甘さが潜《ひそ》んでいてうっかり足を止めそうになった。つんのめるようにして足を踏み出せば、対岸の道路に足がつく。

橋を渡り終え、とっさに背後を振り返った。橋の上には誰もいない。本当に、二人きりで渡り切ったのだ。

地元の橋とは違う。長さも、交通量も。わかっていても感慨《かんがい》深かった。

「地元の橋を渡るときも、何度かこっそりトライしてたのか?」

尚哉の肩を抱いたまま、静かな声で高峰が問う。

「……無理を承知で、毎日のように挑戦してた」

「じゃあ、ようやくだ」

頷いて高峰の方を見れば、思いがけず顔が近くて息を呑んだ。

「お前の執念の勝利だな」

「……執念」

「言い方が悪かったか。これでも喜んでるんだ」

目を細め、高峰は尚哉の肩を抱き寄せる。

「最後まで、諦めないでいてくれてありがとう」

至近距離で高峰が笑う。愛《いと》し気な目で。

何度も諦めようとして、諦めきれなくて、いよいよ諦めざるを得ないのだと覚悟したのに。

友達に向けるのとは違うその笑顔を見て、諦めないでよかったと、尚哉は今度こそ声を上げて泣いた。


いくら人気《ひとけ》の少ない場所とはいえ、夜も遅い時間に成人男性が手放しに泣いていたら通報されかねない。すぐには電車に乗るのも難しそうで、二人でタクシーに乗り込んだ。

「とりあえず家に」と高峰に言われ、泣きすぎてぼんやりしながら頷いたものの、いざ高峰の部屋に入るや硬直した。前回はローテーブルを挟んで向かいに座った高峰が、今日は隣に腰を下ろしてきたからだ。

前回とは距離感が違う。そのことを強く意識してしまい、ぎこちない動きでコートを脱いで、ぞんざいに丸めて傍らに置いた。

「少しは落ち着いたか?」

尚哉はぎくしゃくした動きで自身の膝を胸に抱え、無言で頷く。

隣に座った高峰が手を伸ばしてきて肩が跳ねた。頬に指先が触れたが、どぎまぎして高峰の方を見ることができない。

「泣きやんだみたいだな」

「……うん」

「なんでこっち見ないんだ？」

人差し指の背で頬を撫でられ、おっかなびっくり高峰に横目を向けた。目が合ったのは一瞬で、すぐにまた視線を落とす。「なんだよ」と高峰に苦笑されてしまったが直視などできるはずもない。

高峰は笑いながら、繰り返し尚哉の頬を撫でる。

「今までずっと一緒にいたのに、急にそんな緊張することないだろ」

「わ、わかってる」

「じゃあ、こっち見てくれ」

頬に触れる指先は温かい。橋の上ではあんなに冷たかったのに。対する尚哉の指先は冷え切ったままだ。この状況が信じられなくて、高峰がいつ「やっぱり無理だ」と言い出すか怖くて、指先が強張る。

再三高峰に促《うなが》されてようやく視線を向けると、同じタイミングで高峰が身を乗り出してきた。鼻先が頬につくほどの近距離に驚いて息を呑めば、吐息交じりに囁かれる。

「キスしてもいいか」

「……っ、き、訊くな……！」

「いや、前回は寝込みを襲うような真似したからな、今回は断っておこうと思って」

尚哉の頬を撫でながら、高峰は生真面目な顔で「いいか？」と尋ねる。尚哉は忙《せわ》しなく目を瞬かせ、無言でぎゅっと目をつぶった。

耳元で、高峰が小さく笑う気配がした。

頬に柔らかなものが触れ、ゆっくりと離れる。

「この前は、勝手にキスして悪かった」

頬に高峰の吐息がかかって、キスをされた場所に熱が集まっていく。無言で首を横に振ると困ったような顔で笑われた。

「なあ、本当にこっち見てくれ。告白した途端、前より距離が開いた気がするぞ」

「お、お前が……近いから」

「嫌か」

高峰が身を引こうとするので、とっさに「嫌ではないが！」と口走ってしまった。どんなときでも高峰と接触できるチャンスがあるなら飛びついてしまうのは、長年の片想いで培《つちか》った習性だ。

高峰はおかしそうに笑って尚哉の顎《あご》に指を滑らせる。指先で促され、覚悟を決めて高峰の顔を見上げた。

思った以上に高峰の顔は近く、伏せた目元しか見えなかった。意外と長い睫毛《まつげ》に見入っていたら、そっと唇を重ねられる。

あまりにも自然な動作だったので身構える隙もなかった。キスをされるにしてももっと予備動作的なものがあるかと思っていたので、本気で動けない。

尚哉の顔を覗き込み、高峰が目を細める。

キスの後、そんな顔をするのか。恋人に対しては案外甘い表情をするのだなと思い、その恋人は今や自分なのだと自覚して、また顔が熱くなった。

重ねたばかりの唇がむずむずして、唇を引き結ぼうとしたら再びキスをされた。そんなに連続でするものなのかと驚いていたら今度は唇を舐《な》められる。

未知の感触に動揺して小さく声を上げたら、薄く開いた唇の隙間から舌が入ってきた。

もうそんなことまで⁉　と頭の中で絶叫する。恋人を作ることはおろか、キスすら初めてなのでどういう手順で何が行われるのかよくわからない。一度受け入れてしまった舌を押し返すこともできず、ぎゅうぎゅうと膝を抱えて目をつぶった。

頬に触れていた高峰の手が動いて首の後ろに回される。引き寄せられて、唇が更に深く重なった。

「……っ、は……っ」

口の中を舐め回されても、されるがままで微動だにできなかった。全く動かないのも変じゃないか、とか、高峰は嫌じゃないのか、とか、思考が取っ散らかってしまってキスそのものの感想がなかなか出てこない。

ようやく唇が離れ、詰めていた息を一気に吐く。緊張して全身がちがちだ。多分、顔だけでなく耳や首まで真っ赤になっている。

肩で息をする尚哉を見て、高峰は驚いたように目を瞬《しばたた》かせた。

「悪い、びっくりさせたか」

「し、した……。なんだ、急に」

「……急だったか？」

高峰としては自然な展開だったのだろう。しかし不慣れな自分にはまったく先が読めない。どんな顔をすればいいのかわからず両手で顔を覆うと、横から高峰に抱き寄せられた。膝を胸に引き寄せていた尚哉は、だるまのようにころりと高峰の胸に凭れてしまう。

抱きしめられて、ますます顔を上げられなくなった。全身をめぐる血が熱い。あぁ、と掌の下でか細い声を上げると、高峰にあやすように背中を叩かれた。

「なんだ、嫌だったか？」

「嫌じゃないって言ってんだろ！」

「否定の言葉だけは力強いな。だったら急すぎたか？　でも、ずっと俺のこと好きでいてくれたんだろ？　だったら多少、恋人になった後の想像くらい……」

「し、したことない、そんな、どうにかなるなんて、思ったこともなかったし……」

高峰が自分を好きになってくれたらいいな、と思うことはあった。けれど、好きになってくれた後のことを具体的に想像したことはない。あり得ないとわかっていただけに、我に返ったとき途方もなく虚《むな》しい気分に陥《おちい》りそうだったからだ。

高峰は尚哉の背中をさすりながら、少しだけ声を小さくした。

「……もしかして、この手の経験は」

「……あるわけないだろ。ずっとお前のこと好きだったのに……」

言ってしまってから、さすがにこの言い草は重かったかと青ざめる。弁解しようとしたら、顔を覆う指先にキスをされた。

「そうか。ずっと俺だけか」

「そ……うだ、けど、別に……」

「別に？」

「お、お前以上に好きになれる奴が、いなかっただけで……」

弁解どころか重さが増した。

もう駄目だ、と頭を抱えたところで、高峰の笑い声が耳を打った。

「全然気づかなかった。これまでどうやって隠してたんだ？」

笑いながら尚哉の指先にキスを繰り返し、「手を下ろしてくれ」と高峰は甘い声で囁く。

なんだかいつもの高峰と違う。戸惑いながらも指の間から目を覗かせれば、こちらを覗き込む高峰と視線が交わった。

ビー玉がぶつかり合うように、視線がかち合う音が聞こえた気がした。ひぇっと間の抜けた声を上げると同時に、強く抱きしめられる。

「そうか、そんなにか」

噛み締めるように呟いて、高峰が尚哉の首に顔をすりつける。甘えるようなその仕草に、不覚にも胸がときめいた。

顔を覆っていた手をようやく下ろすと、高峰が首筋に唇を押し当ててきた。

「……っ、お、おい……っ」

襟《えり》の縁を辿《たど》るように唇はするすると移動して、耳の後ろまで到達する。耳朶《じだ》に吐息が触れて、首裏の産毛《うぶげ》が立ち上がった。

身を固くする尚哉の耳元で、高峰が囁く。

「もっと触っていいか」

言いながら大きな掌で背中を撫で下ろされて、ぐぅっと背骨を弓なりにした。

「さ、触るって、お、俺を？」

「お前以外いないだろ。できれば直接触りたい」

ジャケットの裾《すそ》から手を入れられて、ワイシャツ越しに背中を撫でられる。高峰の指先の感触が鮮明になって、尚哉は切れ切れの息を吐いた。

「……触りたい、か？」

本気でそんなことを思っているのか疑ったが、高峰は「触りたい」と真剣な声で言って尚哉のジャケットを脱がせにかかる。

「でも、高峰、あの……」

止めようとするも手際よくジャケットを脱がされ、続けてネクタイに指をかけられる。

「ほ、本気か？」

うろたえて高峰の顔を見上げたら、タイミングを狙っていたようにキスをされた。

「んぐ……っ」

色気の欠片もない声が出てしまったが、高峰の目は楽し気な弧を描いている。先程と同じく唇を舐められ、おずおずと口を開いた。

「ん……」

口の中に忍び込んできた舌に、勇気を出して自分から舌を絡めた。逃げられたら傷つくだろうなと思ったが、逆にますます深く舌が押し入ってきて陶然《とうぜん》とする。後ろに倒れそうになって床に手をつけば、高峰が支えるように腰を抱き寄せてきた。

「……っ、は……ぁ……」

唇の隙間から乱れた息が漏れる。ワイシャツの上から脇腹を撫で上げられて小さな声が漏れた。スラックスからシャツの裾を引き抜かれ、掌が直接肌に触れる。

「た、高峰……ほ、本当に……」

触るのか、触りたいのか。尋ねる前に首筋にキスをされた。濡れた唇の感触に息を呑み、甘く噛まれて喉を鳴らす。

「た……高……ぁっ」

体がずるずると傾いて、背後のベッドに背をつけた。高峰が身を乗り出してきて、正面から受け止めた体の重さに震え上がった。

肌を撫でる指先が胸の尖りに触れる。むずむずして妙な気分だ。それなのに、首筋に繰り返しキスをされると体から力が抜けてしまってろくな抵抗もできない。

高峰とこんなに体を近づけていることすらまだ信じられずにぼうっとしていたら、胸に触れていた手が移動して、スラックスの上から下肢《かし》に触れた。

「お、おい……！　そんなとこまで触るのか！」

高峰の胸に手をついて強く押し返せば、きょとんとした顔を向けられた。

「この流れだったら、触るだろう」

「お、男だぞ、俺は……！」

高峰は目を丸くして、思わずと言ったふうに噴き出した。

「知ってる。今更だな？」

笑いながら尚哉のベルトに指をかけてきたので、慌ててその手を掴んだ。

「ま、待て待て……！　お前は、そんな、見たり触ったりして大丈夫なのか！」

「見たいし触りたい。なんの心配してるんだ？」

高峰は心底不思議そうな顔で尚哉のベルトを外し、スラックスのボタンまで外しにかかる。やたらめったら手際がいいし、躊躇《ちゅうちょ》もない。うろたえているのは尚哉ばかりだ。

「そんなことしたら、男だって実感が湧いて無理になるかもしれないだろ……！」

尚哉の一番の不安はそれだ。いざ服を脱いで、「やっぱり無理だ」と放り出されたら立ち直れない。

「そんな心配してるのか。でも、まずは試してみないと」

その言葉にカッとなって、尚哉は拳を握り高峰の肩を殴った。さすがに痛かったらしく手を止めた高峰を怒鳴りつける。

「お試しで駄目になったらどうすんだ！　せめてもう少し夢ぐらい見させろ！」

プラトニックな関係でも、ほんの短い間でもいいから高峰と恋人気分を満喫《まんきつ》したいのに、告白した直後に体を見られ、別れ話を切り出されでもしたら目も当てられない。

高峰は大声でまくし立てる尚哉を片腕で抱き寄せると、あっさりとスラックスの中に手を入れてきた。

下着の上から性器を摑まれ、一瞬で声が途切れた。呼吸すら止めてしまった尚哉の髪にキスをして、高峰はゆっくりと手を上下させる。

ひ、と小さく声を上げ、尚哉は拳を口に押し当てた。高峰の手は大きくて熱い。ゆるゆると扱《しご》かれるだけで腰に熱が集まる。

「……っ、や……や、高……っ、ぁ……っ」

やめろ、と言いたいのに、高峰が指先に力を込めてくるので声が跳ねてしまって言葉にならない。高峰の手の中で自身が硬くなっていくのがわかる。先端から先走りが漏れて、下着が湿っていくのも。

高峰がどんな目で自分を見ているのか確かめるのが怖くてきつく目をつぶっていると、瞼《まぶた》にそっと唇を落とされた。

「ほら、男の手でもちゃんと気持ちいいだろ？」

言葉の意味を捉えかね、思わず目を開けてしまった。涙目で高峰を見上げると、軽く首を傾《かし》げられる。

「俺みたいな男に触られたら萎えるって話じゃなかったか？」

「……はっ？　ち、違う、俺は、お前のことが好きなんだから、そういう心配は……」

「俺だってお前のこと好きだぞ？」

さらりと言い放ち、高峰は屹立《きつりつ》の先端を指先で辿《たど》る。裏筋を撫で下ろされて腰が浮いた。しっかりと握り直されて上下に扱かれると、ぐちぐちと湿った音がして羞恥《しゅうち》を煽《あお》られる。

「あ……っ、ぁ……っ、ん」

「好きだから、全部見たいし、触りたい。お前は？」

唇の先で囁かれ、高峰に目を向ける。

こちらを見詰める高峰の顔には、乞うような表情が滲《にじ》んでいた。尚哉の知らない顔だ。こんなに長く一緒にいても、まだ見たことのない顔がたくさんある。

見逃すのは惜しい。高峰も、同じように思ってくれているのだろうか。

「お……俺も見たい……し、触りたい……」

弾んだ息の下から囁いて、自ら高峰に手を伸ばした。おずおずと高峰の膝に手を置き、ためらいながらも腿《もも》に向かって滑らせると、噛みつくようなキスをされた。

高峰は手早くジャケットを脱ぐと、尚哉の手を摑んで自身の下肢に触れさせる。

スラックスの上からでもそこが反応しているのがわかって喉が鳴った。高峰も興奮している。無理をして自分につき合っているわけではないのだと思うと、胸がいっぱいになった。

「……藤生、手を……」

尚哉の頰に唇を滑らせた高峰に、焦《じ》れた口調で促される。震える手でベルトを外し、スラックスの前を寛《くつろ》げると、また深く唇を重ねられた。

「ん……う……」

深く舌を絡ませながら触れた高峰の性器は驚くほど固かった。嬉しくなって、思い切って下着の中に指を滑り込ませる。

「……っ、お前、人にはさんざんストップかけといて」

唇を触れ合わせながら呟く高峰の声は低い。けれど手の中のものが萎《な》える様子はなく、むしろ硬度を増していくようだ。

気持ちがいいのだろうか。そうだったらいい。たどたどしく手を動かしていると、お返しとばかり高峰も直接尚哉の性器に触れてきた。

「あ……っ、んぅ……！」

制止の言葉を見越したかのように唇をふさがれ、肉厚な舌に口内を荒々しく蹂躙《じゅうりん》される。呼吸さえ途切れそうだ。

夢中でキスをしていると、どこからかアルコールの匂いが漂ってきた。高峰は飲んでいないはずだから自分に染みついた匂いか。鼻先をくすぐる匂いに酔いが深まる。

先走りをこぼし始めた高峰の屹立を扱きながらうっすらと目を開ければ、高峰もこちらを見ていて視線が交わった。

素面のはずの高峰が目元を赤くしていて、心臓が苦しいくらい高鳴った。息苦しさに喉を鳴らすと、高峰の眉間にぐっと皺《しわ》が寄る。

「……っ」

高峰が低く呻いて、大きな体がぶるりと震えた。掌に熱い飛沫《しぶき》が散る。達したのか。

自分が絶頂に至ったわけでもないのに、歓喜で体が蕩《とろ》けそうだ。唇が離れ、尚哉はとろりとした目で高峰を見上げた。高峰はばつの悪そうな顔で傍らのボックスティッシュを引き寄せ

「悪い、汚れた」と尚哉の手を拭《ぬぐ》っている。

怪しい呂律で、構わない、と答えようとすると、高峰に再び性器を握り込まれた。

「あ……っ、ま、まだ、するのか……？」

「お前がいってないだろ」

ゆるゆると扱かれて腰が反《そ》った。視線を上げれば、高峰がじっとこちらを見ている。一度達して余裕が出たのか、尚哉の様子を窺っているようだ。

快感に歪《ゆが》む顔など見られたくなくて顔を背ければ、無防備にさらした首筋にキスをされた。熱い唇の感触に背筋が粟立《あわだ》つ。

「……ぁ、あ……っ」

首筋を柔く噛まれて声が出た。高峰の手の中にある性器からとろとろと蜜《みつ》がこぼれる。気持ちがいい。でも、なかなかいけない。

ぐずるように鼻を鳴らすと、高峰が微かに笑った。

「酔いが回ったか？」

アルコールのせいで尚哉が達しにくくなっていることに気づいたようだ。それまでの単調な動きから、指先を複雑に動かして尚哉を追い詰め始める。

「こっちが好きか？　こう？　どういうふうに触られたい？」

くびれをなぞられ、裏筋を指でこすられ、先端に掌を押しつけられて唇から甘ったるい声が溢れた。体がぐらついてとっさに高峰の首にしがみつく。高峰は尚哉の背をしっかりと抱き寄せ、甘やかな声で囁いた。

「どれが一番気持ちいい？」

大きな掌で幹《みき》を扱かれ、背筋を快感が駆け抜ける。気持ちがいい、どれもいい、全部、と溺れるように繰り返せば、高峰の目元に寄った笑い皺が深くなった。

「頑固なようで、お前は案外素直だよな」

唇に息をかけるように囁かれ、自分から高峰の唇を奪いにいった。唇の隙間から舌を押し込めば強く吸い上げられ、くらくらと酩酊《めいてい》したように視界が回る。

キスの合間に、高峰が笑い交じりに囁いた。

「食欲と性欲には何かしら共通点があると思ってたんだが」

高峰の指先から力が抜け、撫でるような加減でゆるゆると性器を刺激される。物足りず喉の奥で唸ると、宥めるようなキスをされた。

「だとしたら、お前はこの手のことに対してどれだけ淡白なんだろうと覚悟してたんだ」

でもな、と高峰は機嫌よさげに目を細める。

「そうでもなさそうで、安心した」

それまでやわやわと屹立を扱いていた手に、ふいに力が加わった。大きく手を動かされ、待ちわびた刺激を与えられて爪先《つまさき》が跳ねる。一度引いた波が高さを増して押し寄せてきたようで全身を震えが包み込んだ。

「あっ、あぁ、た、高……っ」

がむしゃらに高峰の体を引き寄せ、涙声でキスをねだった。高峰は焦らすことなく尚哉の唇をふさぎ、荒々しく口内を貪《むさぼ》る。アルコールに浸《ひた》された尚哉の全身が、大波のような快感に呑み込まれる。

「……っ、ぅ、ん、んん……っ！」

最後は唇をふさがれたまま、高峰の手の中に飛沫を叩きつけた。達してもなお腰の奥にじん

とした痺《しび》れが残るようで身震いする。唇が離れても上手く息が吸えない。

高峰の腕の中でぐったりと弛緩《しかん》していると、額や瞼に何度も唇を落とされた。

緩慢《かんまん》に瞼を上げると、高峰が満足そうな顔でこちらを見ていた。今にも瞼が下がりそうだっ

たが、高峰の唇が近づいてきたので自《みずか》ら顎を上げてキスをする。

チャンスを逃すのはもったいない。高峰に関することならなおさらだ。

高峰は喉の奥で笑って尚哉を抱きしめる。

「本当はお前、長いこと腹ペコだったんじゃないか？」

がっつきすぎたせいかそんなことを言われてしまったが、食べることに対して淡白なのは事

実だ。空腹もあまり感じない。

高峰が例外なのだ。ずっと欲しかったから、貪欲《どんよく》になるのも仕方ない。

もっと、と寝言のように呟いた唇に優しいキスが降ってきて、尚哉はようやく満足して意識を手放したのだった。


「で、何が食べたい」

高峰の部屋に泊まった翌朝、目を覚ますなり風呂を勧められ、寝ぼけ眼《まなこ》のままシャワーを浴びて部屋に戻ったら、高峰にそう訊かれた。

高峰から借りた上下揃いのスウェットを着た尚哉は、タオルで口元を覆ったまま「食パン」と答える。

了解、と応じて高峰がキッチンに立つ。尚哉はその後ろをすり抜けて、俯き気味に奥の部屋に戻った。シャワーを浴びているうちに昨日の記憶も鮮明になり、どんな顔で高峰と向かい合えばいいのかわからない。

ローテーブルの前に所在なく腰を下ろしていると、すぐに高峰がトーストしたパンとマーガリン、コーヒーを持って戻って来た。

「いつも朝はこんな感じか？」

尚哉の斜向《はすむ》かいに腰を下ろし、パンにマーガリンを塗りながら高峰が尋ねてくる。尚哉は高峰の顔を見られないまま頷いた。

「何も食べないことの方が多いけど、休みの日は、パンとか食ってる……」

尚哉もマーガリンを借り、さくりとパンに歯を立てる。途中、そっと高峰に目を向けてみた。

高峰はあっという間にパンを食べ終え、もうコーヒーに口をつけているところだ。

恋人同士になったというのにこれまでと態度が変わらないが、昨日のことは夢だったのだろうか。半信半疑になりながらちまちまとパンをかじっていたら、高峰がおもむろにこちらへ手を伸ばしてきた。

頬に親指が触れ、どきりとして咀嚼《そしゃく》を止める。高峰は無表情で尚哉の唇の端を拭い、「パンくずついてるぞ」と言った。

尚哉はごくりと喉を鳴らしてパンを飲み込んだ。咀嚼が足りなかったのか若干《じゃっかん》喉が痛んだがそれどころではない。

(……夢じゃない……っぽい)

高峰は無表情だし、会話もこれまでと変わらないが、何気ない仕草から、確かに自分たちの関係は変わったのだと実感した。

恋人同士ってこういう感じなのか、と思い、恋人同士という言葉に自分で照れて頬を赤らめる。浮かれているのがばれないよう言葉少なにパンを食べていたら、高峰に「昼は何が食いたい?」と訊かれた。

朝食も食べ終わっていないのに気が早い。食パンだけでは足りなかったのだろうか。

「なんでもいい。お前に合わせる」

「じゃあ、夜は？」

口の端からぽろりとパンくずが落ちた。まだ日も高いのに、もう夜の話か。

「夜も、一緒に食べるのか？」

「お前さえよければ。何か予定入ってたか？」

尋ねられ、慌てて首を横に振った。よかった、と笑う高峰を見て、じんわりと頬が熱くなる。

休みの日に、当たり前に一日中一緒にいてくれるのかと思ったら嬉しくて、恋人同士になった事実を何度でも噛みしめた。

「何か食べたいものあるか？」

そう問いかける高峰は、目元に優しい笑みを浮かべている。

この問いに答えれば、高峰は夕食を一緒に食べてくれる。その時間まで一緒にいられる。想像しただけで胸がいっぱいになってしまって、尚哉は眉尻を下げて笑った。

「いろいろ食べたい」

予想外の回答だったのか、お、と高峰が目を丸くする。

「初めてじゃないか、食べることに関してお前が積極的なの。で、何が食べたいんだ」

食パンをかじりながら、なんだろうなぁ、と尚哉は笑う。ゆっくりとしか進まない朝食に、高峰は焦れることもなくつき合ってくれる。

「高峰が一緒に食ってくれるなら、なんでもいいな」

ぽろりと本音が漏れてしまった。別に食べることに興味が湧いたわけではなく、高峰と食卓を囲むことに改めて喜びを見出してしまっただけだ。

高峰は束《つか》の間《ま》黙り込んでから、そうか、と呟いて口元を拭うような仕草をした。視線が揺れて、照れくさそうな表情が滲む。

「……じゃあ、夜は久々に飲むか」

「禁酒は？」

「もうする必要ないだろ」

言うが早いか高峰が身を乗り出してきて、唇に触れるだけのキスをされた。

絶句する尚哉の顔を至近距離から見て、高峰は悪戯が成功したような顔で笑う。

「素面《しらふ》だってお前にキスしたくなるって、もうわかったからな」

突然のキスに動揺して、尚哉は顔を赤くしたきり動けない。

自身の言葉を証明するつもりか、高峰はリンゴのように赤い尚哉の頬に、もう一度柔らかなキスをした。

完璧な恋人の

KANPEKINA KOIBITONO ASAGOHAN

朝ごはん

夜の空気が水を含んで柔らかくなる。三月も終わり近く、もうすぐ桜のつぼみがほころぶ頃だ。春の気配に浮かされるのか、この時期は不思議とそわそわ落ち着かない気分になる。それとも、人生で初めてできた恋人が傍《かたわ》らにいるからこんなにも落ち着かないのか。

「藤生《ふじお》、ちゃんと飯も食え」

季節限定デザインの、桜のイラストが描かれた缶ビールのプルタブを勢いよく開けた尚哉《なおや》の前に、高峰《たかみね》がタレの絡《から》んだ肉団子を押し出してくる。スーパーの総菜《そうざい》コーナーで買ったそれは、皿に移し替えられることもなくプラスチックの容器に入ったままだ。高峰の部屋のローテーブルの上には、そんな状態の総菜が所狭しと並んでいた。

「味玉《あじたま》もあるぞ。ブロッコリーのサラダも。ビールばっかり飲んでないでちゃんと食え」

「わかった、わかったから。せめて一口飲ませてくれ」

高峰が何か言う前に、尚哉は喉《のど》を鳴らしてビールを飲んだ。冷えたビールが喉を落ち、腹の底で炭酸がしゅわしゅわと弾《はじ》けてアルコールが全身を巡《めぐ》る。肩から背中を覆《おお》う力《りき》みが少しだけ薄れ、尚哉はようやく人心地ついた気分で箸《はし》を手に取った。

土曜の夜、近所のスーパーで缶ビールや総菜を買い込んで、高峰の部屋で酒を飲んでいる。二週間ほど前まで禁酒をしていた高峰も、今はすっかり禁を解《と》いて美味《うま》そうにビールを飲んでいて、そのくつろいだ様子を眺めているだけでいくらでも酒が飲めそうだった。

しかし本当に酒ばかり飲んでいては高峰に睨まれてしまうので、尚哉はなるべく小さな肉団子を選んで箸でつまんだ。

「ん？　酸《す》っぱい」

醤油《しょうゆ》とみりんの甘いタレが絡んでいるのかと思いきや、口に含んだそれはツンと鼻に抜ける酢《す》の匂いがした。すぐに高峰が「どれ」と向かいから箸を伸ばして肉団子に口をつける。

「……ああ、黒酢《くろず》か。藤生が得意じゃないやつだな」

返事をする前に器ごと取り上げられた。高峰は残っていた肉団子をひょいひょいと口に運んであっという間に完食する。相変わらず惚れ惚れする食べっぷりだ。見ているだけで満ち足りた気分になって、ますます酒が進んでしまう。

「甘いタレだと藤生も食えたんだろうけどな」

唇の端についたタレを舌先で拭《ぬぐ》って高峰がこちらを見る。ちらりと見えた舌の赤さにドキッとして、尚哉はあたふたと高峰から目を逸《そ》らした。

「そ、そうだな、高峰がよく弁当に持ってきてた肉団子とかな。やたら美味くて好きだった」

「あれ、ケチャップにめんつゆ混ぜただけだぞ。藤生は出汁《だし》とかきちんととった料理を食ってたわりに、そんなに複雑な味が好きじゃないよな」

高峰がおかしそうに目元をほころばせる。そんな些細《ささい》なことで心臓がどっと大きく脈打って、うっかり咽《むせ》てしまいそうになった。まだ一本目のビールも飲み切っていないというのに、もう目の周りが赤くなってきた気がする。

「そういえば、さっきうちのポストにこんなもんが入ってたんだが」

高峰はローテーブルの脇に手を伸ばし、ピザ屋や水道修理店のチラシの中からA4サイズの紙を一枚取り出した。つるりとした紙には『料理教室スタート！　新規生徒募集』という文字とともに、シチューやハンバーグの写真が印刷されている。

「料理教室って、この近くか？」

「駅前にできるらしい。初回受講は無料だそうだ。藤生も自分で作れば少しは食べられるものが増えるんじゃないか？」

高峰が差し向けてきたチラシを一瞥《いちべつ》して、尚哉はゆっくりと首を横に振った。

「高峰、料理の上手い人間っていうのは、概《がい》して食うことが好きな人だ。美味いものが好きで、多くそういう料理を食べているからこそ、その味を再現できる」

「そういう側面もあるかもしれないな」

「翻《ひるがえ》って考えるに、俺みたいに食に関心のない人間が作る料理なんて食えたもんじゃないぞ」

現に小食で偏食《へんしょく》の激しい尚哉は、一人暮らしを始めてから料理らしい料理を作ったことがない。キッチンで何かするとしたら、せいぜい湯を沸かしてカップラーメンに注《そそ》ぐくらいだ。おかげで尚哉のアパートのキッチンには調理器具の類《たぐい》がほとんどない。

それに比べれば高峰の部屋には、まだ一般的な調理器具が揃っている。コンロの上には鍋が置かれているし、炊飯器《すいはんき》も日常的に使われている形跡があった。

「高峰は自炊するのか？」

「たまにな。そういえば、前に藤生に弁当作ってやるって約束したな。甘い玉子焼きと、おにぎりと、あとなんだ？　ケチャップとめんつゆで味つけした肉団子でも入れるか」

「……弁当持って、花見にでも行くつもりか？」

それもいいな、と笑って、高峰はのんびりと尚哉に尋ねる。

「何が食いたい？　用意するぞ」

高峰の柔らかな笑みに目を奪われて、返事を忘れた。美しいものを愛《め》でながら酒を口に運ぶようにビールに口をつけていたら、高峰がおもむろに箸を伸ばして唐揚《からあ》げをつまみ上げる。

「とりあえず、酒ばっかり飲んでないで今はこれを食え」

鼻先にずいっと唐揚げを突きつけられ、尚哉は唐揚げと高峰を交互に見た。高峰は真顔のまま、一向《いっこう》に唐揚げを下ろそうとしない。食べろ、ということだろう。

「じ、自分で食べる……っ」

「お前が自分から箸を伸ばすのを待ってたら温め直した料理が冷める。ほら、口開けろ」

以前から高峰は尚哉の小食を案じてしつこいくらい食事を勧めてくる男だったが、こんなふうに手ずから食べさせようとしてくるのは初めてだ。勢いに押されて口を開けると、すぐさま唐揚げが口の中に押し込まれた。

目を瞬《しばた》かせながら唐揚げを咀嚼《そしゃく》する尚哉を眺め、高峰が楽しげに目を細める。そんな自分たちの行動を客観的に見て、尚哉はカッと顔を赤くした。

（あ、あーんして、ってやつだな、これ……!?）

恋人同士になる前は決して行われなかった行為だ。嬉しいより恥ずかしいより動揺する。高峰の家に着くなりビールを喉に流し込んでなんとか緊張をごまかしていたというのに、いっぺんに耳の端まで赤くなって平常心を装《よそお》えなくなった。

高峰と恋人同士になってようやく二週間。人生の半分もの歳月高峰に想いを寄せ、しかしそれを表に出さぬよう友人として振る舞っていた尚哉は、念願かなって恋人になった高峰とどう接すればいいのか暗中模索《あんちゅうもさく》の状態だ。これまで通りの態度でいいのか、恋人同士になったからにはそれらしい行動をとるべきなのか。

まだ高峰と恋仲になったという実感すら湧いていないだけに、高峰が不意打ちのようにしかけてくる甘い態度に、自分でもどうかと思うくらいに動転してしまう。

今だって、自分も高峰に「あーんして」をやった方がいいのか否《いな》か考え込んでしまって酒を飲む手が止まらない。もしかすると高峰はそれを期待しているのではないか。いやまさか。高峰はそういう甘ったるい行為を好むタイプではない。だが恋人の前でだけ見せる顔もあるかもしれない。恋愛初心者の尚哉は惑乱《わくらん》するばかりだ。

「こら、そんなに一気に飲むな」

缶に残っていたビールをぐいぐいと飲んでいたら、テーブルの向こうから高峰の手が伸びて

きて肩を摑まれた。それだけで体が跳ねて口の端からビールがこぼれる。慌てて手の甲で口元を拭うと、高峰の視線が尚哉の唇に向いてぎくりとした。

恋人同士、部屋に二人きり、今は夜、明日は休み。短い単語がマシンガンのように尚哉の脳裏を掃射《そうしゃ》して、尚哉は空《から》になったビールの缶を勢いよく握りつぶした。

「新しいビール持ってくる！」

「あ、おい、急に立つと……」

キッチンに行こうと立ち上がったはいいものの、足元をふらつかせて膝から床に倒れ込んだ。缶ビール一本しか飲んでいないというのに、空《す》きっ腹だったからか、一気に呷《あお》ったからか、はたまた緊張で心拍数が急上昇したからかはわからないが、もう足に来ている。高峰が心配顔でこちらに手を伸ばしてきたが、片手で制して立ち上がり逃げるようにキッチンへ向かった。

薄暗いキッチンで、尚哉は冷蔵庫のドアを開けながら溜息をついた。

まだ高峰に片想いをしていた頃、自分はわりあい上手に恋心を隠せていたと思う。だというのに、いざ恋人同士になってみたらこの様《ざま》だ。高峰に視線一つで翻弄《ほんろう》されて、友人を演じていたときよりもずっと態度がぎくしゃくしてしまう。

深呼吸を繰り返し、よし、と呟いてから部屋に戻った尚哉は、直前のドタバタなどなかった顔で高峰に新しい缶を手渡してテーブルの前に腰を下ろした。

平常心、平常心、と自分に言い聞かせながらビールのプルタブを開けると、高峰にコロッケの入った器を差し出された。

「何か食いながら飲まないとすぐに酒が回るぞ。ほら、食え」

「いや、さっきもう肉団子も食べたし……」

唐揚げだって、と口の中で呟く尚哉を見て、高峰が片方の眉を上げる。

「手を動かすのが面倒なら、さっきみたいに食わしてやろうか？」

尚哉は目を見開くと、慌ててビールを置いて箸を取った。またあんなふうに手ずから料理を差し出されたら、今度こそどんな顔をすればいいのかわからない。

あたふたとコロッケを口に放りこんだら高峰と目が合った。酒を飲みながら尚哉を眺める高峰はおかしそうに笑っていて、からかわれたのかと今更気づく。

溜息をついたら背中からバキッと骨の軋《きし》む音がした。また全身に力が入っていたようだ。

高峰と一緒にいられるのは嬉しいし、他愛《たわい》もないやり取りをするのも楽しいのだが、気が休まらないのもまた事実だ。

尚哉には、恋人同士がいい雰囲気になるタイミングがわからない。

だから高峰がちょっと黙り込むだけで、これは何かが起きる前兆では、と身構えるし、高峰の目が自分の唇に向こうものなら、キスでもされるのかと慌てふためいてしまう。意識し過ぎだという自覚はあるが、相手は長年の想い人だ。なおかつ尚哉の恋愛経験は皆無《かいむ》に近い。

いかん、と首を横に振り、器に残ったコロッケの衣をちまちまと口に運んでいたら、テーブルの斜向《はすむ》かいに座っていた高峰が立ち上がってキッチンに向かった。

「これも食っとけ。タンパク質をとっておくとあんまり酔いが回らないから」

高峰は持ってきたチーズをテーブルに置くと、しれっとした顔で尚哉の隣に腰を下ろした。

先程までテーブルを挟んだ向こうに座っていた高峰が突如《とつじょ》距離を詰めてきたものだから、尚哉は不自然に箸を止めてしまう。高峰はというと、軽く腕を伸ばして自身の缶ビールと箸を手元に引き寄せ、ごく自然に酒を飲みつつ唐揚げなど食べている。横目で窺ったその顔は、斜め前に座っていたときと変わらぬくつろいだ表情だ。

しかし隣に座ったということはつまり――つまり、どういうことだろう。

（な……何かが起こる、のか……？）

尚哉は音もたてずに箸を置くと、そろりと缶ビールを取って両手で握りしめた。心臓が痛いほど脈打って、もう高峰の方を向くこともできない。せめて酒を飲んで落ち着こう、とゆっくり缶に口をつけたところで、横から高峰の腕が伸びてきて肩を抱き寄せられた。

驚きすぎて唇を引き結んでしまい、しかし缶ビールは傾けたままで、唇の端からぼたぼたとビールが落ちる。遅れて口を開いたらいっぺんに酒が口内に流れ込んで溺《おぼ》れそうになった。激しく咽《むせ》ると、「大丈夫か！」と高峰が慌てたように尚哉の背中をさすってくる。

口元を覆って無言で何度も頷いていると、目の端で高峰が困ったように笑ったのがわかった。

「悪い。まだ早かったか」

急に肩を抱いたことを詫《わ》びるように尚哉の背中を叩いて、高峰はゆっくりと手を離す。元の位置に座り直すつもりか腰を上げかけた高峰を見て、尚哉はとっさにその腕を摑んだ。

必死で取り繕《つくろ》おうとしてみても、尚哉が高峰を意識しすぎて挙動不審になっていることなど、高峰にはしっかり伝わってしまっている。自分がこんなことだから、高峰とつき合い始めて二週間も経《た》つのに恋人らしいことがほとんどできていないのだ。

互いに告白した夜はキス以上のこともしたが、あれを最後に高峰とはまともなキスすらしていない。尚哉が肩を抱かれただけでビールを噴いてしまう状態なのだから、高峰としても手を出しかねているのだろう。

尚哉とて心の準備ができていないわけではないのだが、経験値がまるで足りなくてどう振舞えばいいのかわからない。長年恋心を隠し続けていただけに、解き放たれた想いを上手く表現することもできなくてこんなにも取り乱してしまう。

それでも、一度は隣に来てくれた高峰が離れてしまうのは淋しくて、尚哉は俯《うつむ》いたまま高峰の腕をぐいぐい摑んで引き留めた。

頭が真っ白で気の利《き》いた言葉一つ出てこなかったが、指にこもった力から尚哉の必死さだけは伝わったらしい。高峰は小さく笑うと、もう一度尚哉の隣に座り直してくれた。

ほっと肩から力を抜き、尚哉はほとんど無意識にビールを口に運んだ。横目でそれを見た高峰が「何か食え」と苦笑交じりに言ってくる。うん、と返した声は我ながら幼い響きを伴《ともな》っていて、すでに酔いが回り始めているのを自覚する。

なんだか最近、ひどく酒に弱くなった気がする。高峰と一緒に飲んでいるときは特に。

ちらりと横を向くと、個包装されたチーズの包みを開ける高峰と目が合った。高峰はもう尚哉に「食え」とも言わず、剝《む》いたばかりのチーズを尚哉の口元に差し出してきた。

「じ、自分で食べられる……」

「さっきから全然食ってないくせに、よく言う」

ほら、と唇にチーズを押しつけられ、抗《あらが》いきれずにおずおずと口を開けた。冷たいチーズが唇の隙間から差し込まれ、高峰の目元に満足そうな笑みが浮かぶ。そんな顔を見せられた尚哉が、心臓を痛いほど高鳴らせていることも知らないで。

(……こんなの、マラソンしながら飲んでるようなもんじゃないか)

酔いが回るのが早いはずだ。チーズをビールで流し込み、尚哉は熱っぽい溜息をついた。


「営業部に配属されました有川《ありかわ》です。今日からよろしくお願いします」

四月の第一月曜日、折り目正しく頭を下げた有川を尚哉は眩《まぶ》しい気持ちで見詰めていた。去年の今頃、新卒で入社したばかりの自分もこんなふうに先輩に頭を下げていたのだろう。

深く曲げていた腰を伸ばし、まっすぐこちらを見る有川の目は猫のように丸い。童顔気味だが、なかなか整った顔立ちだ。だが、緊張ゆえか笑顔を浮かべるのを忘れている。

これもまた去年の自分を見ているようで、尚哉はにっこりと笑い「よろしく」と返した。

今日から一ヵ月、尚哉は新人教育係として有川と行動を共にすることになっている。かくいう尚哉も入社二年目で、新人に教えられるほど仕事ができるわけでもないのだが、上司からは電話の応対や基本的なメールの送り方、ファックス、コピー機、表計算ソフトの使い方などを教えるように指示されている。実務というよりは社会人の基礎を教えるようなものだ。

とりあえず、尚哉は有川に電話の取り方を教え、営業資料のファイリングなどしながら営業部にかかってくる電話を取るよう頼んだ。

有川はいかにも不安そうな顔で頷いて作業を始めたが、案《あん》の定《じょう》営業部の電話が鳴るたびに顔を強張《こわば》らせ、恐る恐るといった様子で受話器を取る。緊張しきった声で社名を名乗り、相手の名前が聞き取れなかったのか「申し訳ありませんがお名前を……」と小声で尋ね、電話を受けるべき相手が社内にいないとわかるや青い顔で尚哉のもとに助けを求めに来る姿を見て、本当に去年の自分を見ているようだ、としみじみ思った。

「電話の応対って緊張するよな」

昼休み、昼食を買いに行くという有川を近くのコンビニに連れて行く道中で、尚哉は少しでも有川の緊張をほぐそうと軽い口調で言った。何度も何度も電話の相手に社名と名前を訊き返していた有川は、ようやく午前の業務が終わったばかりだというのに疲労困憊《こんぱい》の表情だ。

「初めて聞く会社の名前は聞き取りにくいだろうけど、そのうち取引先の社名も覚えるし、そうすれば今より断然楽に応対できるようになるから」

去年、自分の面倒を見てくれた先輩にも同じようなことを言われたな、なんて思いながら有川を励《はげ》ましていると、ようやく有川の顔にも血の気《け》が戻ってきた。

「はい、頑張ります。……あ、すみません。ちょっと電話が」

もうすぐコンビニに到着するというところで、有川がスーツのポケットから携帯電話を取り出した。「もしもし、クミ？」と柔らかな声で電話の相手と話をしている。目尻を下げたその横顔を見て、ぴんと来た。

「もしかして、彼女？」

電話が終わるのを待って尋ねると、有川の横顔にさっと朱《しゅ》が差した。

「すみません、仕事中に……」

「いやいや、今は昼休みだから全然問題ない。それより、彼女とはもう長い？」

午前中、有川に仕事を教えていたときよりも断然深刻な声が出てしまった。

突然真顔になった尚哉にうろたえたのか、コンビニのドアを潜《くぐ》りながら有川は目を瞬かせる。

「そ、そうですね。高校からのつき合いなので」

「四年以上？　それじゃあ、その、彼女とは――つつがなく？」

「え？　そ、そうですね。つつがなく、仲良くやっていますが……？」

尚哉は有川の戸惑い顔を見詰め、ふっと表情を緩《ゆる》めて「そうか」と返した。

「俺はもう買うもの決まってるから、先に出てるな」

有川に笑顔で告げ、尚哉はいつものように栄養補助クッキーとコーヒーを買って店を出る。入り口脇の駐輪場で足を止めた尚哉は、会社に戻るまでもなくその場でクッキーの封を開け、本気で頭を抱えたくなった。

（……新人に何を聞こうとしてるんだ、俺は）

あそこで言葉を止めておいてよかった。キス以上のことはしているのか、つき合い始めてどれくらい経ってからその先の関係に進んだんだ、なんて一瞬でも尋ねようとした自分を呪う。最低のセクハラだ。

しかし気になる気持ちは抑えきれない。世の恋人たちはどれくらいの速度で仲を深めていくのだろう。つき合って三週間以上が経つというのに肌に触れたのは一度きりで、その後はキスもろくにできない自分たちは客観的に見て大丈夫なのだろうか。大丈夫ではない気がする。

口内の水分を容赦《ようしゃ》なく奪っていくクッキーをもそもそと食べながら、尚哉は先々週の週末のことを思い出す。高峰の家でスーパーの総菜をつまみに酒を飲み、少しだけいい雰囲気になったものの、尚哉が動揺しすぎて甘い空気が霧散《むさん》したあの夜だ。

あの後も高峰はずっと尚哉の隣に座ってくれていたが、少し動けば肩が触れる距離にうろたえた尚哉はハイペースで酒を飲み続け、結局高峰より先に酔いつぶれて爆睡してしまったのだった。

せっかく高峰の部屋に泊まったというのに何も起こらない。翌朝の気まずさったらなかった。高峰が「だから飯も食えって言っただろう」なんて笑ってくれたのがせめてもの救いだ。

(さすがに高峰も呆れてるんじゃないか……?)

尚哉は早々にクッキーを食べ終えると、コーヒー片手に携帯電話であれこれ検索を始める。恋人たちの常識と非常識を後輩に訊けないのなら、ネットで検索すればいいのだ。こんなことで高峰から別れ話など切り出されたら死んでも死にきれない。

目を皿のようにして世の人たちの恋愛談義を読み漁《あさ》っていたら、『恋人と長くつき合い続ける方法』という一文に目が留まった。その後ろには『お互いを尊敬し合える状態がベスト!』と書かれていて、尚哉は画面からゆるゆると視線を上げた。

尚哉は高峰を尊敬している。小学校のとき、自業自得《じごうじとく》でクラスメイトからそっぽを向かれていた尚哉に高峰は冷凍ミカンをくれた。そういう分け隔《へだ》てなさ、優しさは十分尊敬に値《あたい》する。長《ちょう》じてからもあれこれ尚哉の世話を焼いてくれる面倒見のいいところも尊敬できる。

だが、自分はどうだ。

小食で偏食で、高峰から何度「ちゃんと食え」と言われてもなかなか箸が動かない。学生時代はこれといって成績が良かったわけでもなく、就職先だって知名度の低い中小企業だ。高峰の勤めている自動車メーカーの方がよほど大きい。

(高峰に尊敬される点なんて、俺にあるのか……⁉)

真っ青になって立ち尽くしていたら、コンビニで買い物を終えた有川が外に出てきた。

「藤生さん、お待たせしてしまってすみません。お昼食べる時間短くなっちゃいましたね」

「……いや、俺はもう、食事は済ませたから大丈夫」

「えっ、俺のこと待ってる間に？　何食べたんですか？　そんなんで夜まで持ちます？」

目を丸くする有川を見て、尚哉は乾いた笑みを漏らした。

こんな新人にまで食生活を心配されてしまうとは。

これは本格的にまずいかもしれない。空っぽになったコーヒーの缶をゴミ箱に投げ捨てて、尚哉は汚れてもいない口元を乱暴に拭った。

桜の花に匂いはない。それなのに、どうして花の咲く時期はこんなに夜の匂いが変わるのだろう。改札を抜けて駅の外に出た瞬間、雑踏《ざっとう》の向こうから春の夜の匂いがした。

匂いは記憶と直結している。この匂いを嗅《か》ぐと、大人たちに手を引かれて夜桜を見に行った子供の頃を思い出す。金曜の夜、仕事帰りの駅前は、あの当時の大人たちと同じく桜を口実に夜に繰り出そうとする人でごった返していて歩きにくい。

辺りを見回した尚哉は、駅を出てすぐの所にあるコンビニの前に高峰の姿を見つけ、慌ててそちらに足を向けた。

コンビニの前に立って何をするでもなく人の流れを眺めていた高峰は、駆け寄ってくる尚哉に気づくと軽く手を上げ、ほんの少しだけ目元を緩めた。

もう何年も一緒に過ごしているのに、尚哉は毎度出合い頭《がしら》の高峰に見惚《みと》れてしまう。慣れるどころか、恋人同士になってからの方が目のやり場に困る機会が増えたような気すらした。

「わ、悪い、遅くなって……」

「いや。こっちこそ急に誘って悪かった」

仕事終わりに飲みに行かないか、と高峰から誘いが入ったのは昨日の夜だ。例のごとく、尚哉は万難《ばんなん》を排してその誘いに乗った。

待ち合わせ場所はお互いの職場からさほど離れていない駅だ。これまでも何度か高峰と行ったことのある居酒屋に向かいながら、尚哉は一つ咳払《せきばら》いをする。

「……今日は、家飲みじゃなくてよかったのか？」

なんでもない調子を装うつもりが、意識しすぎてどこか不自然な口調になってしまった。そんな尚哉の声の違いを聞きわけたのか、高峰が悪戯《いたずら》っぽく眉を上げる。

「俺の家で飲んでばかりだと、お前の身が持たないだろ？」

うぐ、と尚哉は声を詰まらせた。その通りだが改めて指摘されると、意識しすぎて空回る自分を高峰に冷静に観察されていたようで恥ずかしい。

「なんなら今から家に来るか？　酒ならストックあるぞ」

「う、い、いや、その……」

露骨《ろこつ》に言葉を濁《にご》した尚哉を見て、「冗談だよ」と高峰は笑う。

「急がないから、二人で過ごすのもおいおい慣れてくれ。お前が嫌でなければ」

尚哉は高峰を見上げ、もどかしく唇を動かした。

決して高峰と二人きりになるのが嫌なわけではない。ただ、ひどく緊張するだけだ。

(だって、俺が何年お前に片想いしてたと思ってるんだ)

どうせ報《むく》われない、諦めろ、と自分に言い聞かせる時間があまりに長かったせいか未だに信じられない。たまに夢を見ているのではないかと疑うことすらある。春先の心地いい夜気《やき》に抱かれ、今この瞬間も、自分は長い夢の途中にいるのではないか。

黙りこんでそんなことを考えていたら、高峰の表情にふっと影が差した。

「どうした……？　無理しなくても、これからもずっと外で飲んでもいいんだぞ？」

「え、な、なんだ急に？　家飲みが嫌だなんて一言もいってないぞ？」

高峰は注意深く尚哉の表情を見つつ、片手で口元を覆ってぼそぼそと呟く。

「そう警戒されたら心配にもなる……。やっぱり、急すぎたか？」

「何が……？」

「告白するが早いか酔ったお前を好き勝手して、さすがに悪かったかと反省してるんだ」

好き勝手、の具体的な情景が一瞬で脳裏に蘇《よみがえ》り、尚哉は雑踏の中で足を止めてしまいそうになった。とっさに辺りへ視線を走らせ、行きかう人が誰もこちらを見ていないことを確認してから俯き気味に口を開く。

「わ、悪いことは、ないだろう……何も」

むしろこんな場所でそんな話題を出す方がよほど問題ではないか。耳まで赤くしてそう抗議をすると、高峰の目尻がわずかに下がった。

「悪くはなかったか」

「そ……そう、だな」

「照れくさいだけか？」

尚哉はもう高峰の顔を見ることもできずに小さく頷く。

「俺は、高峰と違って色恋沙汰《ざた》に慣れてないし……よくわからない」

「俺だって別に慣れてない」

苦笑して、高峰が軽く身を屈《かが》めてくる。

「そういう理由なら、どうにかこうにか慣れてくれ。待ってるから」

耳元で囁かれ、尚哉は片手で勢いよく耳を覆った。ただでさえ熱かった耳朶《じだ》が掌《てのひら》の下でさらに熱を帯びていく。耳どころか首筋まで赤く染める尚哉を見下ろし、高峰は目を細めて居酒屋の暖簾《のれん》をくぐった。

こういうとき、高峰との経験値の差を見せつけられる。

友人関係でいた頃は、高峰がこんなふうに恋人をからかってくるタイプだとは思っていなかった。まだ高峰の吐息の感触が残る耳をこすり、尚哉も赤い顔で後に続く。

テーブル席に通され、まずは飲み物を頼む。高峰は迷わず日本酒を注文した。

小さなコップに注《つ》がれた冷酒が運ばれてくると、高峰はそれを一口含んで深く息を吐く。口の中に残る風味を逃さないよう固く引き結ばれていた唇がゆっくりとほころび、美味い、と呟く顔は実に満足げだ。

「いい飲みっぷりだなぁ」

「まだ一口しか飲んでないぞ」

「それでも、高峰はいつもすごく美味そうに飲むから、見てるこっちも酒が進む」

言いながら尚哉が生ビールのジョッキに口をつけると、すかさず高峰がお通しのポテトサラダを押し出してきた。ついいつもの調子で顔を背《そむ》けようとして、ふと尚哉は思い留《とど》まる。偏食と小食が過ぎる恋人など尊敬に値しないのではないか。そんな不安に見舞われ、大人しくジョッキを置いてポテトサラダに箸を伸ばした。

素直に箸を動かす尚哉を見て、高峰は見逃してしまうくらい微《かす》かな笑みを唇に浮かべた。

「なんだ。今日は俺が食わせてやらなくてもちゃんと食べるんだな？」

「……っ、あ、当たり前だ、子供でもあるまいし」

「普段はその辺の子供よりよっぽど食べないだろう。何か心境の変化でもあったか？」

お前に尊敬されないまでも、せめて見限られないように必死なんだ——などとは口にできず、尚哉は本音を隠して受け答えをする。

「俺だって少しは成長してるんだよ。会社でも新人を任されるようになったし」

「新人指導してるのか。凄《すご》いな、俺なんてまだ後輩に何か教えられるような立場じゃないぞ」

「指導ってほど大したもんじゃない。教えてるのは本当に基礎的なことばかりだ。電話応対とか、送り状の書き方とか、資料のまとめ方とか」

本当にびっくりするほど基礎の基礎しか教えていないのだが、大学を卒業して間もない有川は案外知らないことが多い。ファックス番号と電話番号が異なることを知らず、相手の電話番号に延々とファックスを送っていたり、取引先に手紙を出そうとして、肝心《かんじん》の会社名を書くことを失念していたり、会社に入って初めて直面することが多くて大変そうだ。

「去年の自分を見ているようで、なんだか放っておけない」

入社したばかりで右も左もわからず、何か仕事をしようとすれば誰かに手順を教えてもらわなければいけない。周囲の時間を奪って教えを乞わなければいけない居《い》た堪《たま》れなさが有川の顔にありありと滲《にじ》んでいるのがわかるだけに、つい尚哉は何くれとなく有川に声をかけてしまう。おかげで自分の仕事が後回しになりがちで、この一週間は残業が増えた。今日、高峰との待ち合わせに少し遅れてしまったのもそれが理由だ。

「藤生は面倒見がいいんだな。俺にはとても真似できない」

テーブルに運ばれてきた牛腿《ぎゅうすね》のたたきを小皿に取り分け、尚哉の前に差し出しながら高峰が言う。その流れのまま手際よくエビマヨのフリッターを取り分ける高峰に、面倒見がいいのはお前だろう、と言ってやろうとしたのだが、僅差《きんさ》で高峰が口を開く方が早かった。

「藤生は責任感が強いからな。やると決めたら最後までやり切る粘《ねば》り強さは見習いたい。仕事だって、去年は大口の契約を取るのにかなり貢献したんだろう？」

「いや、俺は先輩のサポートに奔走《ほんそう》しただけで……」

「陰日向《かげひなた》なく動き回れるんだから凄いことだ。新人も、損得関係なく動けるお前に仕事を教えてもらえてよかったんじゃないか？」

思いがけない褒《ほ》め言葉に尚哉は目をぱちくりさせる。まさか仕事の面でそんなふうに高峰から評価されていたとは思わなかった。

（……もしかして、この調子で新人教育に力を入れ続けたら、俺にも高峰に尊敬してもらえる面ができるのでは？）

そして互いに尊敬しあい、ベストな恋愛関係が長く続くのだ。

尚哉はジョッキの取っ手を握りしめると、高峰を見て声を低くした。

「……高峰、俺はやるぞ」

「何を。新人指導か？　どうした急に、もう酔ったか？　だから肉を食えと……」

「酔ってないけど、やるぞ。見ててくれ、有川を立派な営業に育ててみせる」

「そうか。後輩想いのいい先輩だな。とりあえず肉を食え」

タンパク質を取っておくと酔いにくくなる、というつもの説を口にして、高峰は尚哉の小皿にチーズ春巻きをひょいひょいと放り込んでくる。

高峰に見限られぬよう小食改善を目論《もくろ》む尚哉は、ついでに仕事の面でも見直してもらうべく、春巻きを食べながら話を続けた。

「有川には、よく高峰の話をしてるんだ」

あらかた料理を取り分け、ようやく牛腿のたたきを口に運ぼうとしていた高峰の箸が止まった。

「……なんで俺の話を？」

「有川がテンパりやすいから。ミスしてうろたえるたび高峰の話をしてる。『俺の知り合いはミスをしても眉一つ動かさない。おかげで周りにミスったこと自体気取《けど》られないんだ』って」

「俺はそんなに動じないタイプじゃないぞ」

「中学の体育祭で応援団長やったとき、お前センターで派手に振り間違えただろ。そのくせ全然取り乱さないから、周りは元からそういう振りだと思い込んだし、応援団のメンバーすら『振り変わったんだっけ？』って言ってたことを俺は忘れない」

「いつの時代の話をしてるんだ」

高峰は取るに足らないことのように笑い飛ばすが、全校生徒が見守る前で起こったハプニングに顔色一つ変えなかったのはやはり大したものではないかと思う。自分だったら、きっと振りを間違ったと気づいた時点で動きが止まって、周囲にも失敗がばれてしまっていたはずだ。

本人はあまり目立つことを好まないのに、高峰はよく委員長や応援団長という役目を任されていた。皆が面倒くさがる役を文句も言わず引き受けるからあれこれ回ってきた面もあるだろうが、最終的には高峰が真面目で、なんでもそつなくこなすからこそ、ここぞというときにその名が挙がるのだろうと思う。

「高峰はなんでもできるからなぁ」

なんでもってことはないだろう、と肩を竦《すく》める高峰に、尚哉は前のめりになって言う。

「お前は自分で思ってる以上に優秀だぞ。何に対しても余裕があるし、高峰が焦《あせ》ったり空回ったりしてるところを俺は見たことがない」

「褒めすぎだ。ほら、揚《あ》げ出《だ》し豆腐《どうふ》でも食え」

「学生のときもいつも成績よかったし、スポーツだって大抵こなす。実はモテてるのも知ってるんだからな」

高峰は半分に割った揚げ出し豆腐を尚哉の前に置いて、モテないよ、と苦笑する。

尚哉はぐびぐびとビールを飲みながら、そういうところだよ、と胸の中で唸《うな》った。女子に対してぎらぎらしておらず、でもさりげない気遣いができるところがモテるのだ。

「大学時代の彼女は、相手の方が高峰に告白してきたんだろ？」

自分で口にしておいて、当時のことを思い出したら胸の奥がざらっとした。

高峰が彼女と一緒にいる姿を極力見たくなくて、あのときは高峰から少し距離を取っていた。それなのに今になって、高峰はどんなふうに彼女とつき合っていたのだろうと考えてしまう。

「実は俺が知らないだけで、他にも告白してきた女子とかいっぱいいたんじゃないか？」

「まさか。俺みたいに愛想《あいそ》のよくない男がモテるわけないだろ」

「言うほど愛想悪くないだろ、お前は。単に最初がとっつきにくいだけで。どっかに出かけるときだってちゃんと行き先考えてくれるし、デートだってさらっとエスコートできるタイプだ。大学の奴らだって言ってたんだからな。高峰は絶対モテる、ああいうタイプは淡白そうに見えて床上手《とこじょうず》だって。もうお前、隙がなさすぎて――」

あっという間にジョッキを空にしてテーブルに置いた尚哉は、ふと顔を上げてぎくりと背中を強張らせた。高峰が、真顔で尚哉を凝視《ぎょうし》していたからだ。

しまった、と尚哉は口をつぐむ。高峰と二人きりになると緊張してろくにキスもできないくせに、床上手なんて下ネタを振ってしまったのはまずかったか。どの口がそれを言うと呆れられているのかもしれず、尚哉は慌てて話題を変えた。

「それに、高峰は自炊もしてるんだろ？　弁当だって作れるっていうし。本当にお前は凄いよ。俺なんてせいぜいお湯を沸かすことくらいしかできない」

テーブルの近くを通りかかった店員を呼び止め、尚哉は新しいビールを注文する。高峰は複雑そうな顔でその様子を眺め、コップに残っていた日本酒をゆっくりと口に運んだ。

「……そうは言っても、藤生の家のおばさんと比べたら、俺なんて料理ができるうちにも入らないぞ」

「謙遜《けんそん》するな。それに、うちの母親だってそう凝《こ》った料理を出すわけじゃない」

量は多いけどな、と軽く返したら、どうしてか高峰に信じられないものを見るような目を向けられてしまった。

「藤生のところのおばさん、よくコロッケとか作ってなかったか？」

「作ってたな。毎回大量に」

けろりとして言い返すと、高峰が何か言いたげに口を動かした。だが、小さく動いた唇から声が漏れることはなく、高峰は言いかけた言葉ごと飲み干すように日本酒を飲む。

食べることにあまり興味のない尚哉だ。当然、台所で調理を手伝ったこともほとんどなく、目の前の料理がどんな工程を経《へ》てテーブルに乗っているのかよくわかっていない。

コロッケは実は、ジャガイモをゆでたり、潰《つぶ》したり、野菜を刻んだり、肉を炒《いた》めたりと、非常に工数が多く手のかかる料理であることだって全く理解していない。

高峰の口数が急に減った理由もわからず、尚哉は不思議に思いながら二杯目のジョッキに口をつけた。

四月も半《なか》ば近くなると、桜は満開を通り越して散り際《ぎわ》になり、場所によっては青葉が目立ってくるようになった。花の見頃はいつも一瞬だ。去年の今頃は新しい仕事を覚えるのに必死で、花がいつの間に散ったのかすらよくわからなかった。

きっと有川《ありかわ》も同じような状況だろうと案じていたのだが、意外と有川は芯《しん》が強かった。

「花見なら、昨日彼女と一緒に行きましたよ。もうほとんど散っちゃってるだろうなって期待もしてなかったんですけど、場所によってはまだ花が残ってて。彼女も喜んでくれました」

会社の近くの居酒屋で、おしぼりで丁寧に手を拭《ふ》きながら有川は言った。

入社して最初の一ヵ月は、ほとんどの土日を寝て過ごしていた記憶しかなかった尚哉《なおや》は素直に感心する。有川は仕事でミスをするとひどく動揺するので、帰宅後もあれこれ悩んでいるのではと心配していたのだが、きっちり公私《こうし》を分けられるタイプらしい。

「有川には彼女がいるんだもんな。もしかして、今日も会う約束とかしてた？　月曜から飲みに誘っちゃ迷惑だったたか」

本日は有川との親睦《しんぼく》を深めるという名目《めいもく》で尚哉から飲みに誘ったのだが、要《い》らぬお節介《せっかい》だったか。悪い、と詫《わ》びると、有川に慌てたように首を振られた。

「いえ！　仕事のことでちょっと気になってたこともあったので、誘ってくれて嬉しいです」

「そうか？　気になるって、例えば？」

「ファックスという文化が未だに生き残っている理由とか。あんなもんＰＤＦ使ってメールで送ればよくないですか？　なんでファックス？」

有川の声が熱を帯びる。やはり入社して二週間も経《た》てばそれなりに溜まっていたものがあったようだ。飲みに誘ったのも間違いではなかったかな、と尚哉は胸を撫で下ろす。

「かなり古くからお世話になってる工場なんかもあるからなぁ。メールだと見逃しちゃうからファックスで送ってほしいって頼んでくる会社も多いんだよ」

紙の無駄ですよ、と有川が顔を顰《しか》めたところで料理と酒が運ばれてきた。尚哉の前にビール、有川の前にはジンジャーサワーが置かれ、続けてテーブルの中央に唐揚《からあ》げやピーマンの肉詰《にくづ》め、豆腐《とうふ》サラダなどが次々並ぶ。ちなみにサラダを頼んだのは有川だ。「飲むときは絶対野菜も食べろって彼女に言われてて」と照れくさそうに笑っている。

とりとめのない話をしつつ、尚哉はいつものようにビールばかり飲んで料理にはほとんど箸《はし》を伸ばさない。たまにお通しで運ばれてきたもやしのナムルなどつまんでいると、サワー一杯でほんのり頬を赤くした有川が、あの、と控《ひか》えめに声を上げた。

「前から気になってたんですけど、もしかして藤生《ふじお》さんって、アレルギー体質だったりします？　さっきから全然食べてないし、お昼もいつもカロリーバーみたいなもので済ませてるみたいですけど」

「いや、アレルギーってわけじゃ……」

「じゃあ、単に好き嫌いが激しいタイプってことですか？」

有川にまっすぐな目で見詰められ、とっさに返事ができなかった。これはもしや、先輩の威《い》厳《げん》に関わることなのではないか、と直感したからだ。

尚哉はアレルギー体質でもなければ、味や触感《しょっかん》に敏感すぎるというわけでもない。あまり腹が減らないのと、食に対する興味が薄いので食べていないだけだ。食べろと言われれば食べられる。単にその気にならないだけで。

黙りこむ尚哉を見て何を思ったのか、有川はピーマンの肉詰めが載った皿を尚哉の方に差し出してきた。

「あの、もしかして俺にたくさん食べさせようとして、藤生さんはあんまり手をつけないようにしてたんですか？　大丈夫ですよ、これだけ頼んだんですから十分足りてます。よかったらこれ食べてみてください。凄《すご》く美味《おい》しかったので」

有川は性善説を支持するタイプらしい。尚哉の行動を非常に好意的に捉《とら》え、笑顔でピーマンの肉詰めを差し出してくる。

ここで有川の申し出を断ったらどうなるだろう。尚哉は単に好き嫌いが激しいだけの人間とみなされ、「いい年してピーマンも食べられないんですか？」と馬鹿にされてしまうかもしれない。これまで有川の前では良き先輩として振る舞ってきたのに、こんな下らない理由で今後アドバイスに耳を傾けてもらえなくなったら。

――そうなったら、高峰《たかみね》に尊敬されるどころか落胆される。せっかく新人指導に励《はげ》んでいることを褒《ほ》められたというのに。お互い尊敬しあえる恋人計画が水の泡だと、尚哉は勢いよく腕を伸ばしてピーマンの肉詰めを引き寄せた。

「ありがとう。じゃあ、遠慮なく」

内心の動揺を隠し、一年間営業部で鍛《きた》えた笑顔を有川に向けてピーマンの肉詰めを口に放り込んだ。甘めのタレが絡《から》んだそれは、肉にしっかり火が通っているのにピーマンにまだシャキシャキとした歯ごたえが残っている。「美味しいですよね」と屈託《くったく》なく笑う有川に、尚哉もにっこりと笑って頷き返した。

「俺の彼女も料理が上手で」なんて恋人自慢を始めた有川に相槌《あいづち》を打ちつつ、尚哉は黙々《もくもく》と咀《そ》嚼《しゃく》を続ける。そうしながら、食べられないわけではないんだよな、と胸の内で思った。美味《うま》いとも思う。ただ、別に食べても食べなくてもどちらでもいいというだけだ。だったら胃の容量は酒のために空けておきたい。

しかし有川の手前、酒ばかり飲んでいるわけにもいかない。仕方なく人並みに料理にも口をつけた。おかげでいつもより酒を飲むペースが落ちたが、それでもなお尚哉がジョッキを傾けるテンポは速い。そのスピードにつられたのか、有川もすぐに一杯目のサワーを空にした。

いい調子でついてくるので有川も酒が好きなのだろうと思っていたが、別段強いわけではないのでは、と尚哉が気づいたのは、有川が三杯目のサワーを飲み終えたときだった。

「俺、もっと男らしい顔に生まれたかったんですよ、藤生さんみたいな。でもほら、俺どっちかっていうと可愛い系じゃないですか。彼女からも可愛い可愛いって言われて、間違っちゃいないけど格好いいって言ってほしいんです、本当は。でも俺可愛いから、仕方ないですけど」

四杯目のサワーを注文した有川は、店員がテーブルから離れるなり呂律《ろれつ》の怪しくなった口調で言い募《つの》る。自分で自分を可愛いと言って憚《はばか》らない有川を眺め、これは飲ませすぎたなぁ、と尚哉は密《ひそ》かに反省した。明日も仕事があるのに大丈夫だろうか。

「彼女は有川の可愛いところが好きなんだろうから、いいんじゃないか？」

「あー、やっぱり恋愛経験豊富な人は言うことが違うなー、羨《うらや》ましい」

有川に据《す》わった目を向けられ、尚哉は弱り切ってビールを飲んだ。どうせなら有川と一緒に酔っぱらって適当なことを言い合えたらいいのだが、今日に限ってあまり酔いが回らない。すでにジョッキは三杯目だし、普段ならもう少しふわふわした気分になるのだが。

（……酒を飲む合間にちゃんと飯を食ったからか？）

タンパク質を取ると酔いが回りにくい、と常々高峰は口にしていたが、本当だったのかと遅まきながら理解した。

しっかり飲み食いしてさすがに苦しくなってきた腹をさすっていると、有川がずいっとテーブルに身を乗り出してきた。

「藤生さんって今、何人くらい彼女がいるんですか？」

「えっ、なんで複数いる前提で聞いてくるんだ。普通一人だろ？」

「五人くらいいるのかなって」

「お前、俺を普段どんな目で見てたんだ……？　いないよ、恋人は一人だ。後にも先にも」

尚哉の言葉が上手く理解できなかったのか、有川は無言で首を傾《かし》げる。いかにも重たげに瞼《まぶた》を上下させる様子を見るに、相当酔いが回っているようだ。

「長年片想いしてた相手がいて、他によそ見してる暇もなかった。あいつと別れたら、もう一生他の誰かとつき合うこともないんじゃないか？」

「長いつき合いなんですか。結婚したらよくないです？」

「できるもんならしたいな。でもまあ、ちょっと今は、それ以前の問題というか……」

というと？　と、眠たげな声で有川は先を促《うなが》す。店員がジンジャーサワーを持ってきたので、尚哉はそれを受け取って、有川には水を持ってきてくれるよう頼んだ。有川は自分の酒を目の前で尚哉にとられたというのに、それすら理解していない顔だ。だから気が緩《ゆる》んだ。

「キスより先に進んでない」

「え、長いつき合いなのに？」

「つ、つき合い始めたのは、最近だからな」

後輩相手に何を喋《しゃべ》っているんだ、と一瞬我に返ったが、どうせこんな会話、有川は明日まで覚えていないだろう。それにもう四年もつき合っている恋人がいる有川は、自分よりよほど恋愛経験が豊富だ。長らく抱えている悩みを相談したい気持ちが勝《まさ》った。

「つき合ってもう一ヵ月経つのに、まだキス止まりで……。いや、ちょっと先に進んだこともあるんだけど、一回きりだし、中途半端に終わったし、その後は全然進展なしで。どうなんだろうな。相手は、どう思ってるんだろう。やきもきしてると思うか？」

「そりゃするでしょ！」

突然有川が大声を出したので驚いた。有川は赤く充血した目で尚哉を睨み、するに決まってるじゃないですか、と鼻息荒く言い放った。

「藤生さんイケメンだからてっきり手慣れてると思ってたのに、そんな奥手なんですか」

「イケメンかどうか知らんが、初めてつき合うんだから慣れてはいない」

「ええ？　ちょっと、藤生さんがそんなふうに頬染めても可愛くないですよ。イケメン枠《わく》がそういう顔するのやめてください。あと、あんまり奥手すぎるのも面倒くさいです。最初は『恥ずかしがってるのかな』って可愛く思っても、出し惜しみが過ぎると相手も冷めますよ」

急に言葉の刃《やいば》で胸を抉《えぐ》られ、尚哉は低く呻《うめ》いて胸元を押さえた。

確かに、いい年をした男が恋人と部屋で二人きりになって右往左往するなんて、可愛いより面倒くさいと思われて当然だ。出し惜しんでいたつもりはないが、高峰の気持ちが白《しら》けてしまうのは困る。

「藤生さんの方からガッといったらいいじゃないですか！」

「わ、わかるが、難しい……！　どっちかというと相手からガッとこられると腰が引ける！」

「そんなこと言ってるうちに相手が他の誰かに目移りしたらどうするんです！」

尚哉はひっと喉《のど》を鳴らす。なんて恐ろしいことを言うんだと顔を引きつらせていると、顔中赤くした有川にまくしたてられた。

「恥ずかしがってる場合じゃないですよ！　相手を手放したくないのなら、藤生さんの方から仕掛けていかないと！」

相手は会社の後輩だが、さすがに恋愛歴は長い。非常に説得力を感じる言葉だ。胸の中で反《はん》芻《すう》するうちに、一理あるのかもしれないと思うようにすらなった。

これまでは受け身でばかりいたから、高峰に唇を見詰められたり、肩を抱かれたりするだけで「次は一体何をされるんだ⁉」と過剰に警戒してしまったのかもしれない。逆にこちらから仕掛ければ余裕を持って対処できるのではないか。

「……そうだな。わかった、これからは俺も積極的に動いてみようと思う！」

「その意気ですよ、藤生さん！」

有川が水の入ったグラスを掲《かか》げてきて、尚哉もサワーの入ったグラスで乾杯をする。

いつもよりきちんと食事をしていたおかげで酒の回りが遅くなっていたとはいえ、やはりジョッキ三杯にサワーも追加すれば人は酔う。そんな自覚もない尚哉は、有川の力強い言葉に背中を押されてその場で高峰に『土曜は俺の家で飲もう』とメッセージを送った。

いい塩梅《あんばい》にアルコールの回った尚哉の頭に『躊躇《ちゅうちょ》』という文字はない。そしてアルコールが引いた頭の底から『後悔』という言葉が浮かんでくるまでには、まだ数時間を要する。

その頃にはもう自分の言葉を撤回《てっかい》できない状況になっているとまでは考えが及ばず、尚哉は有川と束《つか》の間楽しい時間を過ごしたのだった。


確認はいくらしておいてもし過ぎるということがない。社会人になって仕事で凡ミスを繰り返すうち、尚哉は実感を伴《ともな》ってその事実を理解した。

だからもう一度確認しよう。部屋の掃除は済ませた。買い置きのビールは冷蔵庫で冷えている。洗濯物も取り込んだ。脱衣所のバスマットは一応新しいものに替えておいた。ベッドのシーツも、念のため。

ピンポーン、とアパートのチャイムが鳴り響き、室内を検分《けんぶん》していた尚哉はびくりと肩を揺らす。大股で玄関先まで行くと、大きく一つ深呼吸してからドアを開けた。ドアの向こうには、スーパーのビニール袋を片手にぶら下げた高峰が立っている。

「お招きありがとう」

夕闇に染まる空を背に、高峰は缶ビールとプラスチックの容器に入った焼き鳥、総菜《そうざい》、チーズなどが入った袋を真顔で掲げてみせた。

「お……おう、急に誘って悪い、な」

笑顔を返したつもりだったが、玄関先で高峰を出迎えた時点でもう緊張は頂点に達していて、わずかに頬が引きつってしまった。

数日前、酔った勢いで尚哉が送ったメッセージに、高峰はすぐ了承の返事をしてきた。

それだけならばこれまでも何度か繰り返してきたやり取りだが、酔っぱらった有川に「今度は藤生さんから迫《せま》っちゃいましょうよ！　絶対ですよ！」と言われ、「任せとけ！」と答えてしまったことを思い出すと嫌でも顔が赤くなる。高峰がそんな経緯《けいい》を知る由《よし》はないし、翌日いかにも二日酔いの顔で出社してきた有川だって、尚哉と飲んだときの会話など忘れていたというのに。

自分の送ったメッセージを後から見返したときは動揺して、約束を白紙に戻そうかとすら思ったが、すぐにこれはいい機会かもしれないと思い直した。

高峰が買ってきてくれた酒やつまみを受け取った尚哉は、高峰を洗面所に通した後、キッチンで何度も深呼吸を繰り返した。最初から気負ってしまうとまた空回りして、深酒した挙句《あげく》酔いつぶれて朝を迎えるのがオチだ。まずは普通に飲もうと自分に言い聞かせていると、洗面所から水音に交じって高峰の声が聞こえてきた。

「藤生から飲みに誘われたの、久々だな」

「え、そっ、そうだったか?」

高峰の持ってきたビールを冷蔵庫にしまいながら、尚哉は声の端を裏返らせた。

「俺が禁酒宣言した後は、ずっと俺から誘ってばかりだっただろ?」

「あー……、それは、あの頃はお前のこと、諦めようとしてたから……」

晴れて恋人同士になった今も高峰を飲みに誘わないでいたのは、初めての恋人に舞い上がった尚哉が高峰の前で平常心を失いっぱなしだったからだ。約束を取りつけている余裕もない。

洗面所から出てきた高峰が、冷蔵庫の前に立っていた尚哉の後ろで立ち止まった。その気配に気づいて振り返ると、思いのほか近くにいた高峰と肩越しに目が合う。

「こっちからぐいぐい行き過ぎて、引かれてるのかと思った」

まさか、と返そうとしたら、頬に掠《かす》めるようなキスをされビールを落としかけた。ギリギリのところで缶を握り直し、尚哉は慌てふためいて腕を振り回す。

「ば、き、急に、驚かせるな……!」

「そうは言っても、少しずつ慣れてもらわないと困る。せっかくお前が俺を諦めないでいてくれたのに」

高峰は目を眇《すが》めるようにして笑うと、つまみの入ったビニール袋を手に足取りも軽く隣の部屋に行ってしまう。あまり表情に変化がないのでわかりにくいが、あの背中を見るにだいぶ浮かれているようだ。

尚哉は呆然とその後ろ姿を見送る。これまで高峰と部屋で二人きりになるたびに、今日こそ何か起こるのでは、と身構えていたが、今夜は本当に何か起こってしまうかもしれない。

（と、とりあえず落ち着け！　まだ早い！）

尚哉はその場で意味もなくスクワットをすると、すでに冷蔵庫で冷えていた買い置きのビールとともに、炊き込みご飯のおにぎりと漬物《つけもの》を持って隣の部屋に向かった。

テーブルに焼き鳥などを並べていた高峰は、運ばれてきたおにぎりを見て目を丸くする。

「それ、もしかして……？」

「先週、実家からクール便で送られてきたやつ。最近は実家から手料理が送られてくることも減ってたんだけど」

特に祖母が亡くなってからは目に見えて頻度《ひんど》が減っていたので、本当に久々だ。どうやら年末に実家に帰った際、社会人一年目の尚哉が思いがけず憔悴《しょうすい》しきっていたのを見て母親も心配したらしい。

具だくさんの炊き込みご飯で作ったおにぎりと、大根、キュウリ、ニンジンの漬物が色よく並んだ皿を見た高峰は、少し意外そうな顔で「今回はこれだけか？」と尋ねてきた。学生の頃は、発泡《はっぽう》スチロールの箱に入りきらないくらいのシチューやハンバーグやコロッケが送られてきていたのを覚えているのだろう。

尚哉もテーブルの前に腰を下ろすと、高峰に缶ビールを手渡しながら頷いた。

「料理送っていいかって事前に電話がかかって来たから、食べられる量だけにしてくれって頼んだんだよ。そうしたら、小さい箱におにぎりと漬物だけ入れて送ってきてくれた」

「藤生、炊き込みご飯のおにぎり食べられたか?」

「普通に食えるぞ。一番好きなのは塩おにぎりだけど」

そもそも食べられないくらい嫌いなものが尚哉にはない。さほど空腹を感じないので食べる気にならないだけだ。

「本当のこと言うと、また大量に料理が送られてくるんじゃないかって戦々恐々《せんせんきょうきょう》としてたんだけどな、案外ちゃんと言うこと聞いてくれて、ほっとした」

缶ビールのプルタブを開けながら、尚哉はしみじみとした口調で言う。

祖母が存命《ぞんめい》の頃、母親と祖母は互いに競《きそ》い合うように大量の料理を作って尚哉の前に並べてた。こちらの意向など聞こうともしないその態度を見て、いつからか何を言っても無駄だと諦めの境地に至った尚哉だったが、今回初めて「食べきれる量だけ送ってほしい」と頼んでみたら、母親はきちんと小食の尚哉が食べきれるだけの食事を送ってきた。それも、食べることにあまり時間を割《さ》きたがらない尚哉が片手でつまめるおにぎりと漬物を選んで。

正直言うと、驚いた。母親はこちらの要望に耳を傾けてくれないと思い込んでいたからだ。

でも実際は母も、祖母の手前できないことや、やらざるを得なかったこともあったのかもしれない。和食作りが得意な祖母の前では洋食しか作れなかったり、放っておくと何も食べない尚哉のために大量の料理を作ったり。

あれらはすべて、本当に母自身がやりたかったことなのだろうか。

「もっと早めに家族にリクエストできてたら、学生のときも高峰に迷惑かけないで済んだのにな」

溜息交じりに呟くと、高峰に真顔で「迷惑じゃない」と言い返された。

「お前の家の料理はどれも美味かったし、むしろ役得だと思ってたぞ。学生時代はいつも金欠だったしな。どちらかというと命綱《いのちづな》に近かった」

「そうか？　じゃあ今回もどんどん食ってくれ。と言っても、冷凍してあったおにぎりはこれで最後なんだけど」

高峰は目を瞬《しばた》かせ、皿に並んだ五個のおにぎりに視線を向ける。

「おばさんから送られてきたおにぎり、五個だけってことはないよな……？」

「さすがにない。ちゃんと数えてないが、二十個近く送られてきたと思う」

「他のおにぎりはどうしたんだ？」

「そりゃ、食ったよ」

「お前が？」

他に誰がいる、と思ったが、学生時代は実家から送られてくる料理をほとんど高峰に食べてもらっていた尚哉だ。高峰以外の誰かに押しつけたとでも思われたのかもしれない。

「俺が食ったんだよ。毎日会社に持っていって、昼食に」

「昼飯に？　このおにぎりを？　お前が？」

漬物も一緒に持っていった、と伝えると、高峰はビールに口をつけるのもそっちのけで、「何があった？」と尚哉に詰め寄ってきた。

「まさかいよいよ健康診断で異常が発見されて、食生活の改善を……？」

「馬鹿言うな、至って健康だ。そうじゃなくて……前に言っただろ、有川って新人のこと。このところあいつとずっと行動してて、昼飯なんかも一緒に食ってるんだけど、コンビニでクッキーとかゼリーみたいなもんばっかり食ってると『藤生さん、お金ないんですか……？』って真顔で心配されるんだよ」

有川に自分の偏食と小食が知られるのも困るが、金の管理もできない先輩と誤解されるのも困る。できれば有川の前では頼れる先輩でいたい。今後の指導のためにも、高峰とつつがなくおつき合いを続けるためにも。

だからと言って有川と定食屋に入ったところで尚哉に食べたいものは何もないし、どれを頼んでも量が多すぎる。そこで尚哉は、会社におにぎりと漬物を持っていくことにした。これなら大した量でもないし、しっかり食事を取っているように見える。

大体の事情を聞いた高峰は深刻な表情をほどくと、ようやくビールに口をつけた。

「新人指導も大変だな。常日頃から後輩の前で手本を示さないといけないんだから」

「情けない姿を見せたらそっぽ向かれそうで、毎日取り繕《つくろ》うのに苦労してる」

尚哉は溜息をついて、テーブルの上の焼き鳥に手を伸ばした。高峰が買ってきてくれた焼き鳥はまだ少し温かい。串からタレが落ちないように片手を受け皿にしてねぎまを食べていたら、テーブルの向こうで目を丸くする高峰と目が合った。

「……どうした？」

口の中のものを飲み込んでから尋ねると、高峰がはっとしたように瞬《まばた》きをする。

「……いや、藤生こそ、今日はどうした。よっぽど腹が減ってるのか？」

いつもなら高峰にしつこいくらい食べるよう勧められてようやく箸を取る尚哉が、自発的に食べ物に手を伸ばしたことがよほど衝撃的だったらしい。高峰の声は微かに掠れている。

「腹が減ってるわけじゃないが、この前有川と飲みに行ったとき、飯を食いながら飲んだら酔い方が全然違ったんだ。空《す》きっ腹で飲むと酒が回りやすくなるとは言われてたが、こんなに違うのかと驚いた」

結局最後はいい塩梅《あんばい》に酔っぱらって高峰にメッセージなど送ってしまったが、そこに至るまでの酔い方がだいぶ違った。相変わらず空腹は感じにくいし、酒を飲むのにつまみが必要とも思わないが、高峰の前でこれ以上悪酔いはしたくない。

ビールを飲む合間に焼き鳥を頬張る尚哉を見て、高峰は俄《にわ》かに信じがたい顔で呟く。

「……新人と飲みに行ったのか？　で、つまみを食った？」

「まあ、あいつの前であんまり格好のつかないことはできないし……」

その行動の裏に、高峰に見直してもらいたい、という下心があるだけに正面から顔を見返せない。伏し目がちに受け答えしていると、高峰がぼそりと呟いた。

「……へえ、俺と飲みに行っても全然つまみに手をつけなかったお前が」

もともと低い高峰の声が、いつにも増して低く響いて尚哉は顔を上げる。微かな異変を感じたが、視線を向けた先で高峰はごくごくとビールを飲んでいる。目が合うなり「成長したもんだな」と笑った顔は普段通り落ち着いたものだ。聞いたことのない声だったと思ったのは自分の勘違いか。

「まあ、藤生は別に好き嫌いがあるわけじゃないもんな。食べることに興味がないだけで」

尚哉の実家から送られてきた漬物をつまみながら、くつろいだ様子で高峰は言う。その横顔に大きな感情の乱れがないのを確認してから、尚哉も漬物に手を伸ばした。

「そうだな。子供の頃は、料理を口に運ぶのが怖かったこともあったけど」

怖い？　と高峰が首を傾げる。

子供の頃、尚哉は食事の時間が怖かった。特に自宅で夕食を食べるときだ。

テーブルの上には、祖母と母の作ったたくさんの料理が並んでいる。手の込んだ飾り包丁に、複雑な味と香りの香辛料。幼い尚哉にはその素晴らしさがわからない。だが、どれも二人の自信作だということはわかる。

だからこそ、料理を口にした瞬間うっかり顔を顰めてしまったらと思うと怖かった。二人の落胆した顔を見たくない。二人が真綿《まわた》にくるんだような言葉でお互いを責め合うところも。

「不安の方が先に立って、なかなか料理に箸が伸びなかった」

最初の一歩を踏み出すとき、失敗したらどうしよう、と真っ先に考えてしまうのはあの頃の名残《なごり》なのかもしれない。

ふと目を転じると高峰が痛ましそうな顔でこちらを見ていて、尚哉は慌てて口調を明るいものに変えた。

「まあ、あんまり後ろ向きなのも良くないしな。目下《もっか》改善中だ。この前も有川にちょっとした相談をしたら全力で背中を押されて、俺も行動に出てみようかと……」

「どんな相談だ？」

言い終わらぬうちに質問を差し挟まれて、尚哉はぐっと声を詰まらせた。

恋愛相談だ、とは言えず、「大した内容でもないが……」と言葉を濁《にご》す。

「それより、ビール足りてるか？　高峰が買ってきてくれたやつもそろそろ冷えてるだろうし、持ってくるぞ」

缶に残っていたビールを飲み干し、尚哉は空き缶を手にそそくさとキッチンへ向かった。

尚哉はキッチンでコップに水を汲《く》むと、酔い覚ましのつもりで一息に呷《あお》る。なぜなら尚哉は、今日こそ寝落ちすることなく高峰と一線を越える覚悟を決めているからだ。

コップを置いた尚哉の目は本気だ。どのくらい本気かというと、事前に購入しておいたコンドームとローションをベッドの下に隠しておいているくらいだ。ネットでも情報収集はした。付《つ》け焼刃《やきば》の知識だけでは若干心許《じゃっかんこころもと》ないが、そこは経験者の高峰がどうにかしてくれると信じている。男同士はさすがに高峰も初めてだろうが、尚哉よりは断然要領を得ているはずだ。

尚哉はビールとともに、冷蔵庫からちくわを取り出して隣の部屋に戻った。

ちくわを袋ごと持ってきた尚哉を見て、ビールを飲んでいた高峰が軽くむせる。

「それ、ちくわ……か？　ちくわだな？　なんだ、急に。煮るでもなければ切るでもなく」

「別に煮なくてもこのまま食えるだろ？　有川に『手っ取り早くタンパク質を取るならちくわがお勧めです』って教えてもらったんだ。なんかあいつ、可愛い系のキャラ脱却《だっきゃく》を目指してるらしくて、最近筋トレとか始めたらしい。プロテインにも詳しかった」

「……新人君は可愛いタイプなのか」

また高峰の声が少し低くなった。なんだか今日はやけに声の高低差が大きいが、喉の調子でも悪いのだろうか。高峰の様子を窺いつつ、尚哉はちくわの袋を破る。

「可愛いっちゃ可愛いな。本人は格好いい系を目指してるらしいが。それより高峰、風邪でも引いてるのか？　大丈夫か？」

心配顔でちくわを差し出すと、高峰は何も言わずにちくわを受け取ってくれた。

「美味いな」と呟く高峰の声は普段通りだったが、どこか違和感が拭《ぬぐ》えない。気になってちらちらと高峰を見ていたら、ふいに目が合って小さな違和感を精査する余裕など吹っ飛んだ。慌てて高峰から目を逸《そ》らし、喉を鳴らしてビールを飲む。

高峰と自室で二人きりだと思うと緊張する。ベッドの下に隠したものを思えばなおさらだ。それをごまかすようにぐいぐい酒を呷ってしまうのはいつものことだが、今日の尚哉はタンパク質中心のつまみを食べている。

気づけばすでに四本の缶ビールを空《から》にしていたが、視界は良好だ。呂律《ろれつ》も問題ない。それでいて、ちょっと積極的に迫ってみてもいいのでは？　と思える程度に理性は緩んできた。

（完璧だ……！　今ならいける！）

五本目の缶を握りしめ、尚哉はそっと高峰の横顔を窺い見た。

高峰は酒に強いので、ビール程度では顔色一つ変わらない。テーブルの上の料理はほとんど片づいて、最後に残っていたおにぎりなど食べている。

高峰が最後の一口を頬張るタイミングで、尚哉も手にしたビールを飲み干した。空になった缶をテーブルに置くと、口の中のものを飲み込んだ高峰がこちらを見た。

互いの視線が交差して、酒のせいばかりでなく頬が赤くなる。緊張で喉が締まった。でも、口にする言葉はもう決まっている。高峰、今日は泊まっていかないか。もう少し一緒にいたいんだ。それだけ言えば敏《さと》い高峰は察してくれるだろう。

「た、高峰、今日――……」

情けなく声が裏返ってしまい、尚哉はぐっと唇を噛みしめた。一瞬で視線が定まらなくなり、高峰の顔が視界から出たり入ったり忙《せわ》しない。もう一度口を開こうとしたら、テーブルの向こうから高峰の手が伸びてきて、火照《ほて》った頬に指先が触れた。

心臓が跳ねて、気道《きどう》をふさがれてしまったかと思った。息もできずに目を上げれば、高峰がじっとこちらの顔を覗き込んでいる。

「……顔が真っ赤だ」

囁くような声で言って、高峰はゆるりと尚哉の頬を撫でた。

これはもう、キスをされる流れだ。しかし目を閉じるタイミングがわからない。

声を上げることもできずただただ高峰の顔を見詰めていたら、ふっと高峰が口元を緩めた。

「またお前が寝落ちする前に、そろそろ帰るか」

その声があまりに穏やかだったのでうっかり頷きそうになって、直前で我に返った。

「……えっ？　か、帰る？　もう？」

「もうって言っても結構いい時間だぞ。ほら、十時過ぎてる」

言いながら、高峰は空になった皿や容器を手際よくまとめてキッチンへ運んでいってしまう。

あっという間にテーブルの上を片づけた高峰が上着を手にしたところで、ようやく尚哉も立ち上がった。

「もう少しゆっくりしていってくれてもいいんだが……!?」

「いや、酒も底をついたし帰る」

「足りないなら買ってくるぞ！」

高峰は「まだ飲み足りないのか」などと笑いながらも上着を羽織《はお》る手を止めない。玄関先でようやく立ち止まると、尚哉を振り返って目元に笑みを浮かべた。

「今週は新人とも飲みに行ったんだろ？　たまには肝臓《かんぞう》を休ませてやれ」

だったら酒なんて飲まなくていい。だからまだここにいてくれ、と言いたいのに、声が出ない。高峰は笑っているのに、目の奥にどこか突き放すような影がある。

気のせいだろうか。判断がつかないうちに、高峰は手を振り部屋を出て行ってしまった。

とっさには引き留める言葉も出てこない。なす術《すべ》もなく玄関先で立ち尽くしているうちに、アパートの階段を下りていく高峰の足音が遠ざかる。

それまでキッチンの片隅で沈黙していた冷蔵庫が、ふいに目覚めたように低く唸り出した。

尚哉は数歩後ろに下がって、無機物とは思えない温かさを孕《はら》んだ冷蔵庫の側面に手をつく。

「……なんか、怒らせた？」

いつからだろう。気がつかなかった。そもそも高峰が不機嫌になった理由に思い当たる節《ふし》がない。飲んでいるうちにうっかり気に障《さわ》るようなことでも言ってしまったか。だとしても、普段の高峰ならスパッとそれを指摘してくるのではないか。

尚哉は無意識に冷蔵庫の側面を撫で、なんで、と力なく呟く。

人肌に似た温かさで低く唸る冷蔵庫は、しかし一向に尚哉の問いかけに答えてくれることはなかった。


すっかり花の散った桜に緑の葉が茂り、明日から五月の連休だ。休みを目前に控え、どことなく社内の空気もそわそわしている。休み前にこれだけはやっておこう、とパソコンにかじりつく社員の目にも気力がみなぎって見えた。

そんな中、土気色《つちけいろ》の顔で電話をしている社員がいる。尚哉《なおや》だ。

取引先からの問い合わせに応対していた尚哉は、受話器を置くなり深い溜息をつく。後ろ姿を見ただけで色濃い疲労を感じさせるその背に、朗《ほが》らかな声がかかった。

「藤生《ふじお》さん、資料のチェックお願いしたいんですが……、あ、今大丈夫ですか？」

振り返った先にいたのは有川《ありかわ》である。尚哉は溜息のような声で返事をして、有川が差し出した資料を受け取った。浅く椅子に腰かけ、フルラウンド戦った後のボクサーのごとくがっくりと首を落として資料をチェックしていたら、有川に気づかわしげな声をかけられた。

「なんか疲れた顔してますね。トラブルでもありました？」

「……いや、まったく。仕事は至って順調だ」

にもかかわらず、尚哉の声には生気がない。有川のみならず、同僚や上司からも「具合でも悪いのか？」と何度か声をかけられていた。

「仕事以外で何かありました？　俺、まだ仕事は全然ですけど、愚痴《ぐち》聞くくらいだったらできますよ。仕事帰りに飯食いながら、パーッと喋《しゃべ》ってすっきりしちゃったらどうです？」

後輩とは思えないほど頼りがいのある言葉に、弱り切っていた尚哉の心がぐらりと傾いた。

だが、まっすぐにこちらを見る有川の顔を見返して思い直す。

（……有川に暴露《ばくろ》できるような悩みが一つもない）

まずもって、恋人が同性である、ということからして軽々しく口にすることができない。その恋人といよいよ一線を越えようと覚悟を決めたら、相手にするりとかわされてしまった、なんてことも、ちょっと気恥ずかしくて言いにくい。

さらに、別れ際の恋人がなんだか少し不機嫌そうに見えたのが気になって、後日改めて飲みに誘ったら「今日はまだ仕事が終わらないから」と断られてダメージを受けた、なんて言われてもきっと有川だって困ってしまうだろう。

仕事が終わらないことなどざらにある。別にダメージを受けるところではない。

それくらい尚哉だってわかっているが、勇気を出して次のステップに進もうとして失敗した直後だったので、自分でも驚くほど動揺してしまった。それですぐ、ならば土曜日に会えないかと尋ねてみたのだがこれも断られた。先約があるという。

誰と、どこに行くんだ、と問い詰めたい気持ちが噴き上がったが、いくら恋人同士とはいえそこまで何もかも相手に明かす義務などない。プライバシーも必要だと、尚哉も深く尋ねることはせず引き下がった。

だが、一度は引き下がったくせに気になる気持ちを抑えきれず、週末に高峰《たかみね》の自宅の最寄り駅に降り立ってしまったのは我ながらどうかと思う。

高峰と偶然会えることを期待していたわけではない。一人で鬱々《うつうつ》と過ごしていると悪いことばかり考えてしまいそうで、気を紛《まぎ》らわせようと家を出ただけだ。そうやって外出したはいいものの特に行く先も思い浮かばず、軽い気持ちで高峰の家の最寄り駅に立ち寄った。

もしも高峰とすれ違えたらラッキーだな、とちらりと考えたことは認めよう。だが、まさか駅を出た瞬間、本当に高峰の後ろ姿を見つけるとは夢にも思わないではないか。

ここまでだったらむしろラッキーな話だ。しかし高峰は一人ではなかった。その傍《かたわ》らには見たこともない女性がいて、二人は仲睦《むつ》まじげにお喋《しゃべ》りしながら歩いていた。

あの光景を思い出すと、今なお低く呻《うめ》いてしまいそうになる。

青天《せいてん》の霹靂《へきれき》だった。驚きすぎて二人の後をつけてしまった。そんな自分の行動を常識から外れていると思うだけの余裕もなかった。

高峰は尚哉が後ろにいることに全く気づいていない様子で、飲食店の看板が並ぶ駅前の雑居ビルに女性を伴《ともな》い入っていった。

終始笑顔を浮かべていた高峰を見て、瞬間的に、もう駄目だ、と思った。

高峰に誘いをかけようとしたら空振りして、飲みに誘ったら断られて、その時点でもう、尚哉の頭には恐ろしい疑念がはびこっていたのだ。やはり高峰は、男同士でつき合うなんて無理だと思ってしまったのではないか、と。

だからこそ、キスより先に進もうとした尚哉の気迫に怯《ひる》んでそそくさと帰ってしまったのではないか。帰り際、不機嫌そうに見えたのは嫌悪感の表れだったのかもしれない。そんな不安が、女性とビルに入っていった高峰を見て爆発した。

その後、どうやって家に帰り、どう週末を過ごしたのか自分でもよく覚えていない。

どん底まで落ち込んでいても、無情にも月曜日はやってくる。ショックから立ち直れず、さりとて高峰に直接真実を問いただす勇気もないまま過ごしていたら、今度は高峰からメッセージが届いた。

『この前は誘ってくれたのに断って悪かった。明日飲みに行かないか？』

メッセージを見た瞬間、いよいよ別れ話でも切り出されるのかと血の気《け》が引いて、とっさに『仕事で行けない』と断ってしまった。

いきなり別れ話を想定するなんて、いくらなんでも短絡的すぎたと自分でも思う。しかし高峰が元々異性愛者だったことを思えば、決してあり得ない話ではないのだ。

誘いを断った尚哉に、高峰はすぐさま『だったら土曜はどうだ？』と尋ねてきた。尚哉はそれに即答できず『まだ予定が立たないから、こちらから折り返す』とだけ返し、以来三日も高峰に連絡をしていない。気がつけばもう金曜日だ。

会って高峰と一緒にいた女性について尋ねたいような、別れ話を切り出されるくらいなら顔を合わせたくないような、心は揺れに揺れて夜も眠れず、尚哉の顔は土気色になっていく一方だ。

（――やはり何ひとつ有川に相談できない）

言葉もなく溜息をついたら、有川が両手で拳《こぶし》を作った。

「なんでもいいから飲みに行きましょうよ。明日から連休ですし、前回は酔っぱらって記憶飛ばした上に、藤生さんに全額おごってもらっちゃって申し訳なく思ってたんです」

今日はちゃんと接待しますから、と有川は満面の笑みで言う。もしかすると自分が飲みたいだけではないかと思ったが、早々と家に帰ったところで、物言わぬ冷蔵庫くらいしか尚哉を出迎えてくれるものはいない。

「じゃあ、少しだけ……」

「やった！」

有川は小さくガッツポーズをして「定時には出ましょうね！」と言い置き席に戻っていく。

やはり自分が飲みたいだけじゃないかとは思ったが、有川の無邪気な様子に少しだけ心が和《なご》んで、尚哉も定時で帰るべく自身の仕事にとりかかった。

体内で酒を分解してくれる器官は肝臓《かんぞう》だ。酒を飲むときタンパク質を取ると酔いにくいのは、肝機能《かんきのう》の細胞合成をタンパク質が助けてくれるからに他ならない。

「魚肉はカロリーも低いのでお勧めです。お刺身《さしみ》とか、魚肉《ぎょにく》ソーセージとか！」

「あと、ちくわ」

「そうそう、ちくわもお勧めなんですよ！」

前回と同じく会社近くの居酒屋に有川と入店して、すでに二時間が経過している。

テーブル席に通された有川は、最初こそ「前回のような醜態《しゅうたい》はもうお見せしませんので！」と意気込んでいたが、やはりまだ自分のペースを把握しきれていないらしい。飲み始めて一時間で顔を真っ赤にして、二時間が過ぎた今は上半身がぐらぐらと揺れている。

幸い、有川は飲みすぎても気分が悪くなるタイプではないらしく楽しそうに飲んでいるのでいいのだが、同じ会話を何度もループするのは参ってしまう。タンパク質のくだりなど今日だけで何回聞いたかわからない。

「なんでこの店、磯辺焼《いそべや》きがないんですかねぇ」

口を尖《とが》らせた有川がメニューを上から下までチェックする。このセリフも何度目だろうと思いながらビールを飲んでいたら、スーツのポケットの中で尚哉の携帯電話が震えた。取り出してみると、高峰から電話がきている。

どきりとして、携帯電話をポケットに押し戻してしまいそうになった。酔っているくせに目ざとく着信に気づいた有川が「出たほうがいいですよ！」と促《うなが》してこなければ、多分そうしていただろう。早く早くと有川に急《せ》かされ、心の準備もできぬまま電話に出る。

『もしもし、藤生？　……もしかして、外か？』

「おう、ちょっと、有川と飲んでる」

有川の耳を気にしてぼそぼそと答えると、わずかな沈黙が生じた。

『……新人と一緒か。ちゃんと食ってるのか？』

「食ってるよ。玉子焼きと、肉豆腐《にくどうふ》と、ハムカツ。あとなんだっけ、なんかのフライ」

「アジフライですよ！」

高峰の声が聞こえたわけではないのだろうが、有川が酔っ払いらしい無邪気さで会話に割込んできた。そうだ、アジフライ、とつけ足すと、電話の向こうで小さく息を吐く音がした。

『藤生、明日の話なんだが』

「ああ、うん、明日な。ちょっとまだ、予定が確定してなくて」

『まだ決まってないのか？　明日は休みだろ？』

まあ、そうだな、と尚哉はしどろもどろになる。しかし会おうとは即答できない。

埒《らち》が明かないとでも思ったのか、高峰がぐっと声を低くした。

『今どこで飲んでるんだ？　会社の近くか？』

「そう、だからまだしばらく帰れなくて……い、家に着いたらまた折り返すから」

一方的に言って尚哉は通話を切ってしまう。しばらくホーム画面を凝視《ぎょうし》していたが、高峰から再び電話がかかってくることはなく、ほっと胸を撫で下ろした。

明日の予定なんて入っているわけもないのだが、高峰と会うと思うと気が重い。駅前で高峰と歩いていた女性のことなど思い出すと、どうしたって悪い想像ばかり膨《ふく》らんでしまう。

（だからってずっと高峰を避けてるわけにもいかないし……）

どう振る舞うのが正解かわからず思い悩むあまり、うっかり有川の存在を忘れた。

やけにテーブルが静かなことに気づいて顔を上げると、有川がテーブルに突っ伏して寝入っていた。やはりだいぶ酔っていたのだろう、名前を呼んで肩をゆすってみるが、不明瞭な声が返ってくるばかりで目覚める気配はない。むしろしばらく寝かせておいた方が酔いも覚めるかもしれず、残りのビールを飲みながら有川の目覚めを待つことにした。

話し相手もいないので、尚哉はテーブルの上に並んだ空の皿を漫然《まんぜん》と眺める。我ながら今日はよく食べた。有川の助言に従い、頼んだのは大半が肉や魚の料理だ。

ジョッキを傾け、タンパク質は偉大だ、と感心した。酔い方が緩《ゆる》やかになったし、トイレに立ったときに鏡を見たらあまり顔が赤くなっていなかった。

中身の減ったジョッキを置いて、尚哉はテーブルに肘《ひじ》をついた。

（もし俺がもっと早く高峰の助言に従ってたら、何か変わってたかな……）

きちんとつまみを食べていれば、多少無茶なペースで酒を飲んでも寝落ちせずに済んだかもしれない。そうしたら、二人の仲もとっくに進展していただろうか。

今さら後悔しても遅い。何か行動を起こそうとすると、どうしても臆病風に吹かれてしまう。物心ついた頃からずっとそうだ。他愛《たわい》のない、それこそ箸《はし》を手に取り、どの料理を口に運ぶか決断するような些細《ささい》なことでも躊躇《ちゅうちょ》してしまう。

母や祖母の作った料理を食べて、顔を顰《しか》めてしまわないか不安だった。口に合わなくてもそれを上手く隠せるように努力すべきだったのだろうか。それとも、食べられないときは食べられないとはっきり伝えた方がよかったのかもしれない。そうしたら、二人は自分の好物を理解してくれた可能性もあるのだから。

(母さんに、送ってくるならもっと少ない量にしてほしいって頼んだときも、あっさり聞き入れてもらえたもんな……)

何かとんでもない反論が返ってくるのではと身構えていたが、母は「あらそう?」の一言で納得して、おにぎりと漬物《つけもの》だけ送ってきてくれた。

思い切って行動に出てしまえば案外どうにかなるものだ。それなのに、自分はどうしても悪い想像ばかりしてしまう。

高峰の前でも、恋愛に不慣れゆえ妙なことをして嫌われないかと、そればかりが心配でなかなか前に進めなかった。高峰は、視線で、指先で、何度も誘いをかけてくれたのに。

尚哉はジョッキの持ち手をぎゅっと握りしめると、残っていたビールを勢いよく呷《あお》った。喉《のど》を鳴らしてビールを飲み、はーっと長い溜息をつく。

（高峰が我に返る前に、やることやっとけばよかった……）

もうすっかり高峰に振られる気でいる尚哉は、片手で顔を覆《おお》って深く俯《うつむ》く。

それで失敗して高峰に嫌われたなら、まだ諦めもついたかもしれないのに。

（何もできないまま終わると、こんなに悔いが残るもんなのか……）

のろのろと顔を上げた先では、まだ有川がテーブルに突っ伏して眠っている。さすがに起こすべきかと声をかけようとしたところで、テーブルにふっと人影が落ちた。

店員が汚れた皿でも下げに来たか。顔を上げた尚哉は傍《かたわ》らに立った人物を見上げ、ヒッとしゃっくりのような声を上げた。

テーブルの横に立っていたのは、高峰だった。

尚哉と同じく会社帰りなのか高峰はスーツ姿で、手にはカバンも持っている。

高峰の登場に動転して、尚哉はあたふたと椅子から腰を浮かせた。

「た、高峰？　なんでここに……あれ、俺、店の名前とか言ってないのに、なんで？」

高峰は無表情で尚哉を見下ろし、すっと目を逸《そ》らす。

「会社の近くでお前が行きそうな飲み屋なんてそう多くないだろ。食べることに興味はないからそんなに料理に気合が入ってないチェーン系で、生ビールがあって、新人をおごってやれるくらいの客単価の店」

「そ……っ、そうだとしても、同じような店なんて他にも山ほどあるだろ？　まさか片っ端から可能性のある店を回ったのか……？」

高峰は返事をしなかったが、こうして尚哉の居所を突き止めたということはそういうことなのだろう。なぜそこまで、と唖然とする尚哉の前で高峰は踵《きびす》を返すと、酔いつぶれて眠っている有川の横に立った。

「新人、本気で寝てるけどいいのか？」

「え、よ、よくはない、けど……」

「じゃあ起こすぞ。俺が外に連れてくから、お前は会計しとけ」

突然の展開にうろたえつつも、言われた通り伝票を掴んでレジに向かった。背後から有川の「え、誰っスか？」という声が聞こえるが大丈夫だろうか。高峰がなぜここにいるのかもわからない。気もそぞろで会計を済ませた。

外に出てみると、高峰が有川の腕を肩にくぐらせて立っていた。有川は自力で立つのも覚束《おぼつか》ないのか、高峰に凭《もた》れて目も開けていない。慌てて自分も有川を支えようとするが、高峰は無言で首を横に振り、片手を上げて近くを通りかかったタクシーを呼び止めた。

タクシーの後部座席に有川を押し込んだ高峰は有川を揺さぶって住所を言わせ、運転手に一言告げて自分は車の外に出た。

「だ、大丈夫かな、有川……。確か、実家住まいだって言ってたけど」

「なら問題ないだろ。本人が泥酔《でいすい》してても家の前まで辿り着けば家族がどうにかしてくれる」

走り去るタクシーをおろおろと見送っていた尚哉は、高峰がじっとこちらを見ていることに気づいてぎくりと体を強張《こわば》らせた。

居酒屋に乱入してきてから、高峰はにこりとも笑わない。むしろ厳しい表情だ。

高峰はしばらく尚哉の顔を見下ろしてから、ふいとその顔を背《そむ》けた。

「悪いな、急に。本当は明日飲みに誘うつもりだったんだが、待ちきれなくて、つい」

つい、でわざわざ尚哉の会社の近くまでやって来て、目についた居酒屋に片っ端から突撃したりするだろうか。本当はもっと緊急の用事があるのではないか。それは尚哉にとってあまり良くない内容かもしれないと思うと、背中にじっとりと嫌な汗が浮く。

「よかったら、これから飲み直さないか。俺の家で」

そんな言葉で尚哉を誘う高峰の口調は淡々として、その感情を推《お》し量《はか》ることは難しい。

怯《ひる》んだものの、無表情を貫《つらぬ》く高峰の横顔を見たらとても断れず、尚哉は掠《かす》れた声で「おう」と返すことしかできなかった。


アパートに向かう電車の中で、高峰はほとんど何も喋《しゃべ》らなかった。尚哉もあからさまに高峰を避けていた手前、気楽に声をかけることができない。そうでなくとも、黙り込む高峰の横顔は珍しく不機嫌そうで不安が募《つの》る。

（……まさか、マジで別れ話とか？）

電車を降りて駅を出る。駅前の繁華街に目を向けると、高峰と女性が入っていった雑居ビルが遠くに見えた。ビルの壁には飲食店の看板が並んでいるようだが、一緒に食事をしたのだろうか。

一歩前を歩く高峰の背中を見遣《みや》り、尋ねてみようか、と尚哉は思う。だが、何をどこから切り出せばいい。意味もなく高峰の家の近くをうろついていた、と伝えることから躊躇する。見知らぬ女性と歩いているだけで嫉妬して、面倒くさいと思われるのも怖い。

頭の中ではあれこれ想いが膨らむのに、いざ口を開けてみても言葉にならない。もだもだと考え込んでいるうちに高峰のアパートに到着してしまった。

「……酒を買ってくるのを忘れたな」

カバンから鍵を取り出した高峰が、部屋のドアを開けながら呟く。言われてみれば二人して会話をすることはおろか、コンビニに寄ることもなくここまで到着してしまった。

飲みに誘われたのに酒のことなど頭から抜け落ちていたのは尚哉も一緒だ。きっと高峰も酒など単なる口実で、尚哉と何か話をしようとしているのだろう。

一体どんな内容だろう。初めて高峰の部屋に招かれたときよりずっと緊張して靴を脱ぐ。

玄関から伸びる廊下を歩き、キッチンを横目に奥の部屋へ向かおうとしていた尚哉は、目の端を掠めたものにぎくりとして足を止めた。

たまに自炊をしているという高峰の家のキッチンは、尚哉の部屋よりよほど調理器具が揃っている。と言ってもあるのはせいぜいまな板と包丁、小さな鍋とフライパンくらいのものだ。

前回来たときまでは確かにそうだったのに、いつの間にかガスコンロの上に見慣れぬ形のフライパンが増えていた。長方形のそれは、玉子焼きを作るときに使うものだ。大きなフライパンを買い直すならともかく、普段はあまり料理をしない一人暮らしの男がわざわざ玉子焼き器なんて買うだろうか。

さらに目を走らせると、シンクの上に調味料が増えていた。料理酒やみりんなど、以前は確実になかったものだ。よく見れば菜箸《さいばし》まで新調されている。

真新しい調味料と調理器具は、この部屋に料理を作りに来ている第三者の存在を否応《いやおう》なしに尚哉に想像させ、一瞬で体から血の気が引いた。指先から力が抜け、手にしたカバンを取り落とす。

奥の部屋の電気をつけていた高峰が、物音に気づいてキッチンに戻ってきた。表情も作れず立ち尽くす尚哉を見て気分でも悪くなったと思ったのか、心配顔で尚哉に声をかけてくる。

「……悪い、何も言わずにここまで連れてきて。とりあえず、コーヒーでも飲むか？」

電車の中で見たときより高峰の表情は柔らかくなっている。声からも角《かど》が取れてほっとした。だからこそ、尚哉はキッチンに増えた調味料のことも、先日高峰と一緒に歩いていた女性のことも尋ねられなくなってしまう。話を切り出したら高峰の態度が豹変《ひょうへん》してしまうかもしれない。

このまま黙っていればいつもの穏やかな時間を引き延ばせる。

一瞬心がぐらついたものの、尚哉はぎゅっと目をつぶって自分に言い聞かせた。

(高峰が誘ってくれてるうちに応《こた》えておけばよかったってあれほど後悔しただろ……！　逃げて、後回しにして、何も行動に移せないまま終わったら悔いばっかり残る！)

居酒屋でうたた寝をする有川の前で痛感《つうかん》したはずだ。まずは冷静に話を聞こう。

尚哉は目を開けると、迷いを振り切って尋ねた。

「高峰、この前一緒にいた女性は誰だ？」

尚哉の言葉に、水道の蛇口《じゃぐち》に手を伸ばしかけていた高峰の動きがぴたりと止まる。前置きのない質問に驚いたのだろうが、尚哉にはその行動が、痛いところを衝《つ》かれて硬直したように見えてしまって一気に平静さを失った。

「い……いつからだ？　最近知り合ったのか？」

「いや、待て。藤生、なんの話だ」

「先週、駅前で偶然見かけたんだ。別に、お前が浮気してるんじゃないかって疑って家の近くまで来たわけじゃない。そんなこと疑ってなかったんだ、でも」

「浮気？　浮気ってなんだ、誰の話だ？」

冷静に話をしようとしていたはずなのに息は乱れるし、声の震えも隠せない。

自分がとんでもなく面倒くさいことを言っている自覚はある。ここは高峰を責めるところでは断じてない。頭ではわかるのに、長年押し殺してきた恋心が暴走する。抑えられない。

思い浮かぶのは実家の近くにあった長い橋だ。

濃野橋《こいのはし》――別名恋の橋を、高峰と一緒に何度も渡った。

橋にはいつもたくさんの人がいて、車も間断《かんだん》なく通っていて、前を行く高峰の背中をひどく遠く感じた。遮《さえぎ》るもののない橋の上にはいつも強い風が吹いていて、自分の胸にはびこる報《むく》われない想いも全部吹きさらってくれればいいのにと何度思ったことだろう。

部屋の窓も扉も閉め切っているはずなのに、あのときと同じ風にドッと背中を押された気がして、尚哉は闇雲に手を伸ばすと高峰のスーツの襟《えり》を鷲摑《わしづか》みにした。手の甲に血管が浮き出るほどの強さで、高峰の体ごと自分の方に引き寄せる。

「部屋に呼んで料理でも作ってもらったのか？　だから先週俺の誘いを断ったのか。今日はなんの話をするつもりで俺をここに連れてきた？　別れ話ならそう簡単には応じないぞ！」

「別れ話って、お前」

「覚悟はしてたんだ！」

高峰の言葉を遮《さえぎ》るように、尚哉は腹の底から声を出す。

「いつかお前が、男なんてやっぱり無理だと我に返っても仕方がないとは思っていたし、そうなったら今度こそ諦めるつもりでいたんだ！　諦められると思ってた！」

高峰とようやく二人きりで橋を渡りきれた夜、手をつないだ高峰の背中を見ながら、確かに自分はそう思ったはずだった。一生つきまとってやると言いつつも、心のどこかで覚悟していた。いつかこの手を離されるかもしれない。そんな日が来ても恨むまい、諦めようと。

多分、高峰が恋人に対してあんなに甘い顔をすると知らずにいられたら、本当に諦められたはずだ。

「でももう駄目だ、今更お前に何を言われても諦められる気がしない……！」

「藤生、ちょっと落ち着け」

「落ち着けるか！　一生つきまとうって言っただろ！　有言実行《ゆうげんじっこう》してやるからお前も覚悟を決めろ！　絶対離れてやらないからな！」

隣近所の迷惑も考えず声を張り上げながら、まるで三文芝居《さんもんしばい》だ、と泣きたくなるような気分で思った。恋愛ドラマで、登場人物がなりふり構わず恋人を引き留めようとするシーンを見るたびに「逆効果だろうなぁ」と思っていたはずなのに、いざ自分が似たような立場に置かれると同じ行動しかとれない。

嫌われたか。だとしても高峰に対する執着は消えない。ほとんど呪いだ。どうにでもなれと尚哉は押し殺した声で言い放った。

「嫌われてもつきまとってやる、地獄で後悔しろ……！」

言い終えるが早いか、頭上でぶはっと高峰が噴き出した。

興奮しきって肩で息をしていた尚哉は、数秒ほど沈黙してからゆっくりと顔を上げた。

厄介《やっかい》な事態を前に、大層《たいそう》ひきつった顔をしているだろうと思われた高峰は、そんな尚哉の予想に反し、口元を拳で覆《おお》って笑っていた。

「な、何を笑ってるんだ……」

笑うところではないだろうと尚哉は眉を寄せたが、高峰はなかなか笑いやめない様子で肩を震わせている。

「いや、なんかもう、お前のセリフが洋画の悪役みたいで……」

「そうだ、悪役だ。ろくなこと言ってないぞ、俺は」

「こうやってなりふり構わずお前が縋《すが》りついてきたのも、告白されたとき以来だな、と」

「……さっきからお前、なんで嬉しそうなんだ？」

高峰は目元にくっきりとした笑みを浮かべ、襟元を掴む尚哉の手に自身の手を重ねてきた。振りほどかれてなるものかと尚哉は指先に力を込めたが、逆にしっかりと手を握られる。

「嬉しいだろ、そりゃ。告白されたはいいが、あれ以来なんだかお前はよそよそしくなったし、もしかすると俺とつき合ったことを後悔してるのかと……」

「は？　なんでそうなる⁉」

あまりに突拍子《とっぴょうし》もない推測に、大声で高峰の言葉を遮ってしまった。あり得ない、と必死に首を横に振ると、高峰におかしそうに笑われた。

「今のお前を見たら、もうそんなことは夢にも思わないから大丈夫だ。ただ、つき合い始めたら急にお前の態度がぎくしゃくし始めただろう。慣れてないんだろうなとは思いつつ、もしかして性急に事を進め過ぎたかと反省もしてたんだ」

高峰の家に招かれた尚哉が毎回無茶な飲み方をして寝落ちするのは、これ以上関係を先に進めたくないという意思表示なのかもしれない。互いに告白したあの夜、尚哉がひどく戸惑っているのを承知で半《なか》ば強引に行為を進めてしまったことを思い出せば後ろめたくもあった。

もしかすると尚哉はプラトニックな関係を望んでいるのではと、この一月半高峰もあれこれ悩んでいたそうだ。

「無理に押し倒したら今度こそ泣かれるんじゃないかって心配してたんだが」

高峰が親指でそっと尚哉の手の甲を撫でてくる。愛《いと》しげなその仕草に息を詰め、尚哉は忙《せわ》しなく視線をさまよわせた。

「俺は、お前と一緒だと緊張して、どうしたらいいかわからなくなってただけだ……。高峰こそ、先週女性と駅前を歩いてただろう。二人でビルに入っていくところも見たし……」

やはり女性の方がよかったのでは、と窺うような視線を向けると、ぴんと来ない様子だった高峰がようやく合点《がてん》のいった顔になった。

「先週の土曜日の話か。夜の六時頃だな？　だったら覚えてる。その人、俺と同じ料理教室に来てた生徒だ」

右に行ったり左に行ったり落ち着かなかった尚哉の視線が高峰の顔に吸い寄せられた。高峰の言葉を理解するのに少し時間がかかり、瞬きを二回してから「料理教室」と呟く。

「……通ってるのか？　高峰が？」

「通うというか、一回だけ体験に行った。前にうちのポストに入ってたチラシ、覚えてないか？　チラシ持って駅前まで行ってみたけど地図がわかりにくくて、うろうろしてたら同じチラシ持ってる女の人に声をかけられたから一緒に料理教室まで行ったんだ。駅の近くの雑居ビルで、上の階の飲み屋の看板の方が目立つから最初は気がつかなかった」

料理教室のチラシなら尚哉も見た記憶がある。高峰が嘘をついているとも思えないが、どうして突然料理教室に通い始めたのかがさっぱりわからない。

腑に落ちない顔をする尚哉を見て、高峰は喉《のど》の奥で笑った。

「前に弁当作ってやるって約束しただろ？　でも、藤生は自分の母親の料理を普通だと思ってるんだな、と思ったら、砂糖しか入ってない焦《こ》げた玉子焼きを出す自信がなくなった」

「じゃあ、キッチンに増えてた調味料とか、器具は……」

「お前に弁当作ろうと思って新調した」

「そ、そんなことのために……？」

脱力気味に呟くと、高峰がむっとしたように眉を上げた。

「そんなことって言うけどな、こっちは本気でどうしたもんかと思ってたんだぞ。そうでなくても、お前が新人相手に俺のことをどう語ってるのか知ったときは頭が痛くなったからな。なんでもできる超人みたいに言ってたが、俺はそんなに器用じゃない」

高峰はなんでもできる、と腹の底から信じ切った顔で言う尚哉を見て、嬉しいよりも心配になった。尚哉は自分をどれほど完璧人間だと思っているのだろう。長年片想いを募らせるうちに、とんでもない幻想を抱くようになってしまったのではないか。

「そのうちお前に幻滅されそうで、せめて料理くらいは、と思ったんだがな」

溜息をつきながら、高峰は両腕を尚哉の腰に回した。

「一応家でも練習しちゃいるが、未だに玉子焼きは焦がすぞ。おにぎりも綺麗な三角形には握れない。なんでもできるなんて言うにはほど遠いが、それでもいいか？」

抱き寄せられて、高峰の襟を握りしめていた指先からようやく力が抜けた。

自分が途方もない勘違いをした挙句、別れるの別れないのと大騒ぎをしていたことに気づいて、尚哉はしおしおと顔を伏せる。人生最大の空回りだ。赤くなった顔を見せることもできず、高峰の胸に額《ひたい》を押しつけた。

「……お前が作ったものなら、焦げてようが歪《いびつ》だろうが嬉しいに決まってるだろ」

耳の上を高峰の笑い声がくすぐって、前より強く抱き寄せられた。尚哉の見当違いな発言を、高峰は咎《とが》めることもしない。

ごめん、とくぐもった声で自分の勘違いを詫《わ》び、尚哉は高峰の腕の中で苦々しく目を閉じた。

「俺こそ不安だ……。高峰のことになると頭に血が上って、自分の感情を取り繕《つくろ》うこともできない」

さすがに呆れられただろうと身を固くしたが、高峰は笑って尚哉の髪に頬を寄せてくる。

「繕うことないだろ。俺のこと、尋常《じんじょう》でなく好きなんだってわかる方が嬉しいに決まってる。遠慮なくなりふり構わず飛び込んできてくれ。さっきみたいに」

声や表情に感情が出にくい高峰にしては珍しく、声が嬉しげに弾《はず》んでいる。無理をしているようにも聞こえず、尚哉は恐る恐る顔を上げた。

「……尋常でなくていいのか？　俺は重いぞ……？」

尚哉と視線を合わせ、知ってる、と高峰は笑う。

「でも、俺もいい勝負だ。新人に妬《や》いて、お前の会社の近くの居酒屋を片っ端から覗いて回ってるんだからな。最近お前に避けられてて焦《あせ》っていたとはいえ、さすがにやりすぎた」

アパートに向かう途中の電車の中では、尚哉になんと言い訳をしてこの状況を切り抜けるべきか悩んだと高峰は苦笑する。それであの仏頂面《ぶっちょうづら》かと、尚哉も肩の力を抜いて笑った。

高峰は、声を落としてさらに続ける。

「俺が言ってもなかなか飯を食わないお前が、新人の前ではちゃんと食ってるようなのも妬けた。新人にはあれこれ相談してるみたいなのに、俺には相談してくれないからますます嫉妬して、でもそんなことお前にばれたくなくてそそくさ帰る羽目になったこともある」

「もしかして、前回俺の部屋で飲んだときか？」

少しバツの悪そうな顔で頷く高峰を見たら、抗《あらが》いようもなく口元が緩んだ。高峰に妬いてもらえたのかと思ったら嬉しくて、どうしたってニヤニヤしてしまう。

尚哉は緩みきった顔を高峰の肩に押しつけて隠し、そろりと高峰の背中に腕を回した。

「……有川の前で偏食《へんしょく》や小食を隠そうとしたのは、高峰に見直してほしかったからだ」

ん？　と高峰が身を屈《かが》めて尚哉の口元に耳を寄せてくる。尚哉はネットで見かけた恋人同士が長く続く秘訣《ひけつ》を伝え、高峰に尊敬される男になるために有川の指導をまっとうしようとしていたことを説明した。

「だから、最近俺が少しものを食べるようになったのは、巡り巡ってお前に好かれるためであって、別に有川の前だから特に気を張っていたとか、そういうことでは……」

「じゃあ、新人にしてた相談事っていうのは？」

「れ……恋愛相談を……」

さすがに気恥ずかしくて声が小さくなった。

高峰はそんな尚哉をまじまじと見詰め、ふいに顎《あご》を上げると天井に向かって大きく息を吐いた。強張《こわば》っていた高峰の肩からゆっくりと力が抜け、再びこちらを向いた顔には照れくさそうな笑みが浮かんでいた。

「なんだ……。勝手に勘違いして妬いてたなんて、格好悪いな」

高峰の照れ笑いなど珍しい。貴重な姿に見惚れていたら、額に高峰の額を押しつけられた。

互いの目元しか見えない至近距離で、高峰の目が優しい弧《こ》を描く。

「尊敬し合える関係を目指すのもいいが、まずは藤生の格好悪いところをもっと見せてくれ」

尚哉は高峰に目を奪われたまま、「幻滅しないか……？」と小さな声で尋ねた。高峰の目元に深い笑い皺《じわ》が寄って、ああ、好きな顔だ、とたまらない気分になる。

「幻滅なんてしない。お前は俺の話を聞いて幻滅したか？」

考えるまでもなく、しない、と即答していた。むしろ高峰が自分のために料理教室に通ったり、有川に嫉妬していたりしたことを知って喜んだくらいだ。

好きな相手の格好悪い姿も、情けない姿も見たい。他の誰にも見せない秘密を、自分にだけは打ち明けてほしい。それはとても特別で、嬉しいことだ。

高峰は目を細め、尚哉の頬に軽くキスをしながら言った。

「もう長いつき合いだっていうのに、恋人同士になった途端に格好つけて、俺もお前もいらない努力をしてたもんだな？」

その通りだと思ったら、自然と尚哉の顔にも笑みが浮いた。

キスをしても尚哉が逃げようとしないのを確かめてから、高峰は尚哉の腰を抱いて隣の部屋へと向かう。尚哉も雲を踏むような気分で歩を進め、いつものようにローテーブルの前に腰を下ろそうとして――そのままベッドに押し倒された。

ぐるりと視界が回って、目を瞬《しばた》かせたら天井を背にした高峰の顔がすぐそこにあった。

押し倒されたというよりは柔道の技をかけられたような気分で、尚哉は呆然と高峰の顔を見上げる。色気の欠片《かけら》もない顔をしている尚哉とは対照的に、高峰は甘やかに目を細めて尚哉の頬を人差し指の背で撫でた。

「こっちももういいだろう」

再び頬にキスをされ、高峰の体重を全身で受け止めた尚哉は息を呑んだ。

「た、高峰……っ⁉　急に、ど、どうした……！」

「急でもない。ずっとタイミングは窺ってた。ただ、お前が緊張しきってたから落ち着くまで待ってたのと、床上手《とこじょうず》とか妙な勘違いをされてるのがわかって二の足を踏んでただけだ」

喋りながらも高峰は尚哉の頬にキスを繰り返し、片腕をついて尚哉の顔を覗き込む。

「お前が思うほど経験はないし、床上手でもないが、勘弁してくれ」

「そんなこと気にしてたのか……？」

当たり前だろ、と高峰が苦笑を漏らす。

「俺ならなんでもできるって思い込んでるお前の前で、格好悪いことなんてしたくなかった。だから男同士のセックスがどんなもんかも一応調べてはみたが……知識だけじゃどうにもならない部分もあるだろうから、あまり期待はしないでくれ」

「し、調べたのか、お前が……」

高峰がそんなに積極的に動いてくれていたとは思わず黙り込んでしまったら、声も出せないほど緊張していると勘違いされたらしい。高峰の掌《てのひら》にそっと頬を包まれた。

「床上手じゃないってわかって不安になったか？」

少し冗談めかした口調になったのは、ここで尚哉が拒《こば》んだとしても空気が重くならないように気を使ってくれたのだろう。この期《ご》に及んでそんな気遣いをする高峰を惚れ惚れと見上げ、尚哉は溜息交じりに呟いた。

「上手も下手《へた》も……お前に触れられるだけで俺なんてぐずぐずだろう……」

覚えてないのか、と尋ねると、高峰に目を丸くされた。

高峰に告白した夜だって、酔っていることを抜きにしても骨抜きにされた。最後は恥ずかしいと思う余裕もなく乱れに乱れたというのに、高峰が何を心配しているのかわからない。

今も、高峰にのしかかられただけで尚哉の目の周りは赤らんで、瞳もとろりと溶けている。

高峰は興奮を逃《のが》すように唇から細く息を吐くと、尚哉の首筋に顔を埋《う》めて低く囁いた。

「あのときみたいに、ぐずぐずにしていいか」

洋服越しに胸が触れ合い、互いの心臓がとんでもない勢いで脈打っているのがわかった。高峰の背中に手を伸ばして必死で頷けば、顔を上げた高峰に性急に唇をふさがれる。

「ん……ぅ、……っ」

息を奪うようなキスだ。微かに歯さえぶつかって、初手《しょて》からまるで余裕がない。

唇の隙間から漏れる吐息が荒い。恋人になってから一ヵ月以上、友達の延長のような顔で隣にいたというのに、いざそういう雰囲気になったらお互い興奮を隠せない。キスの合間に慌ただしく尚哉のネクタイをほどいてくる高峰の目は熱っぽくて、その視線を浴びただけで体の芯が飴《あめ》のように溶けていきそうだった。

ジャケットを脱がされ、ワイシャツのボタンを外されて、喉仏《のどぼとけ》の下に高峰の唇が触れる。喉元から胸にキスを落とされながら脇腹を撫でられ、胸の尖りを口に含まれたときはたまらず声が出た。

「あ、あ……っ、高峰、そ、そこは……」

くすぐったいし、女性と違ってまっ平なので触ったところで楽しくもないだろう。だから止めようとしたのに、高峰に視線だけよこされて息を呑んでしまった。濡れた切っ先に舌を這わせる姿がいやらしくて、長年そばにいた幼馴染の初めて見る仕草にかぁっと全身が熱くなる。

息を震わせた尚哉を見て、高峰はひっそりと目を細めると胸の先端を軽く吸い上げた。

くすぐったさの下に痺《しび》れるような感触が走って、尚哉は困惑した声を上げた。

「た……高峰、やだ、なんか……ん、や、やだって……っ」

こちらが喋《しゃべ》っているのにも構わず、高峰は尚哉の胸にとろりと舌を這わせ、ときどき舌先を尖らせて先端を刺激してくる。そうしながら脇腹を撫でたり、臍《へそ》のくぼみに指を引っかけてきたりするので、尚哉はぐずるように喉の奥で声を押しつぶした。

「嫌か？　気持ち悪い？」

尋ねられ、尚哉は高峰から目を逸らし、膝の内側を擦《こす》り合わせた。

「嫌、というより、お前の触り方はいやらしい……」

「……つまり？」

真顔で尋ねてくるのは、本気で尚哉の反応を知ろうとしているからだろう。思えば高峰だって同性とこういう行為に至るのは初めてなのだ。ごまかさない方がスムーズに進むだろうかと、尚哉は小さな声で答えた。

「……どこを触られても、気持ちいい、から、あんまり変なところは触るな」

真剣な顔で尚哉の言葉に耳を傾けていた高峰がゆるゆると目を見開いたと思ったら、急に深く顔を伏せてしまった。表情が見えなくなったのが不安で「高峰？」と名前を呼ぶと、勢いよく顔が上がる。

「お前のそれは素直に本心を口にしてるだけで、煽《あお》ってるわけじゃないんだよな？」

「煽って……？」

なんだそれ、と返す前に嚙みつくような勢いでキスをされた。後はもう止める暇もなくシャツもスラックスも下着もすべて脱がされ、抱きしめられて、体の至る所に手を這わされた。

自身の言葉を証明するように、どこを触られても尚哉の体は大げさに跳ねて、唇からは切れ切れの声が上がる。腰骨の上、膝の裏側、尾骶骨《びていこつ》を指で辿《たど》られ身をよじり、鎖骨《さこつ》に嚙みつかれ、指の股《また》に舌を這わされて涙目になった。

「本当にどこを触ってもぐずぐずだな」

機嫌のよさそうな顔で内腿《うちもも》を撫で上げてくる高峰を、尚哉は肩で息をしながら睨みつける。

「……俺の体がおかしいんじゃない、高峰の手が悪い。あと、触り方が」

負け惜しみのように呟くと、そうだな、とやっぱり嬉しそうに笑われて、先走りをこぼす性器を掌で包み込まれた。

性感帯とも思えない場所を撫でられるだけで体が芯を失ったようになっていたのに、体の中でも一番敏感な部分に触れられて尚哉は大きく身をのけ反《ぞ》らせた。

「あ、あ……っ！　ま、待て、高峰、待って、ま……ぁっ」

高峰の胸に手をついて押しのけようとしたが、上からのしかかってくる体はびくともしない。逆に体重をかけられ、高峰の体の硬さと重さを感じてのぼせ上がった。

「あ、あっ、あぁ……っ」

高峰の大きな手で扱《しご》かれて、急速に射精感が高まってくる。高峰はまだジャケットを脱いだだけでほとんど服を乱していないのに、自分ばかり脱がされて、追い上げられて恥ずかしい。だから待てと言っているのに高峰は容赦《ようしゃ》がない。唇を戦慄《わなな》かせる尚哉を見下ろし、愛しげに目を細めてキスを仕掛けてきたりする。

「ん、ん……っ、や、ぁ……っん」

抗議の言葉はキスに呑まれ、さんざん舐《な》められ、溶かされた唇からは甘ったるい声しか出てこない。痺れた舌先を吸い上げられ、痛いくらい張り詰めた屹立《きつりつ》を扱かれて、尚哉は早々に身を震わせて高峰の手の中で吐精《とせい》してしまった。

肩で息をしていたら頬や瞼《まぶた》に高峰の唇が降ってきて、尚哉はぐっと顔を歪《ゆが》める。

「……待てって、言った」

「すまん。待てなかった」

悪いとも思っていないような笑顔で言って、高峰は身を起こすとようやく自分も服を脱いだ。

まだ息も整わず、滑《なめ》らかに筋肉がついた高峰の肩のラインにぼんやり見惚《みと》れていた尚哉は、高峰がベッドサイドから取り上げたものを見て目を瞠《みは》った。

「それ、俺も同じやつ買った」

高峰が驚いたような顔で「これか？」と掲《かか》げたのは、チューブタイプのローションだ。

「藤生はそういうことに疎《うと》いタイプかと思った」

「疎いのは間違いないが、一応、調べた、から……」

喋っている途中で高峰が身を乗り出して、尚哉の顔の横に手をついた。近づいてきた高峰の胸の広さや肩回りの逞《たくま》しさに目を奪われて、言葉尻があやふやになってしまう。

「どうやって使うかも調べたか？　お前はどっち側のつもりだった？」

抱く方か、抱かれる方か、と言外《げんがい》に問われ、尚哉は視線を泳がせる。

「わ、わからん、が、高峰に任せておけば大丈夫だろうと……」

正直に答えると、高峰に苦笑された。

「ハードルを上げないでくれ。それに、相手に全部預けると好き勝手されるぞ」

いいのか？　と囁いて、高峰は尚哉に触れるだけのキスをする。柔らかなそれを受け止めて、尚哉は熱っぽい息を吐いた。

「……いいな、それ。高峰に好き勝手されるの」

至近距離で高峰が目を瞬かせて、尚哉は忍び笑いを漏らした。

小学校から、中学、高校、大学と、尚哉はずっと高峰を見てきた。振り返ってほしい、こっちを見てくれ、と熱烈に願うのは自分ばかりで、高峰はそんな視線に気づきもしない。その高峰が、自分を好き勝手したいと思っている。

あの頃、自分が高峰を見ていたのと同じ熱量で高峰がこちらを見ているのだと思ったら、掛け値《ね》なしに気分がよかった。

「どうせなら手加減なしでやってくれ」

一ヵ月以上、相手の目に映る自分の姿を気にするあまり無駄にすれ違っていたのだ。格好をつけるのも大概《たいがい》にして、尚哉は望むまま高峰の唇にキスをした。

唇が離れた途端、高峰がふっと笑った。

「少し前まで肩を抱かれただけで赤くなってたのに、藤生は極端だな」

「お前に嫌われようと、幻滅されようと、どうせ諦められないし離れられないんだから、あれこれ考えるだけ無駄だって気づいただけだ」

「なるほど。吹っ切れてくれて何よりだ。二言《にごん》はないな？」

にっこりと笑った高峰が、尚哉の膝を割ってその間に身を割り込ませてくる。脚を開かされると途端に心許《こころもと》ない気分になって、早まったか、と思わないでもなかったが、掌にローションを垂《た》らした高峰が再び唇を寄せてきたので前言を撤回《てっかい》する暇はなかった。

「ん……」

唇が深く重なって、互いの舌が絡《から》まり合う。貪《むさぼ》るようなキスに翻弄《ほんろう》されていると、ローションで濡れた高峰の指先が内腿を掠め、体の奥まった部分に触れてきた。

尚哉の喉が震える。けれど唇はキスでふさがれて声が出ない。濡れた指が窄《すぼ》まりに触れ、強張ったそこをほぐすようにゆるゆると動く。

「ん、ん……、ん……ぅ……っ」

とんでもない所に触れられているというのに、高峰の手だと思うと体のこわばりが勝手にほどけた。それどころか、胸の奥から甘やかで温かな感情が溢れてきてしまう。

一体どれほど、高峰のこの手に触れてほしいと切望《せつぼう》してきたことだろう。

人生の半分、と頭の片隅で思い、自分の執念深さに感嘆した。

益体《やくたい》もないことを考えていたら隘路《あいろ》にゆっくりと指が沈みこんできて体が跳ねた。さすがに高峰もキスをほどいて、尚哉の様子を窺ってくる。

「痛いか？　無理そうだったら言ってくれ」

尚哉は睫毛《まつげ》の先を震わせて高峰を見上げ、口元をほころばせた。

「……そんなふうに見えるか？」

よく見てくれ、と高峰の顔を引き寄せる。

高峰は言われた通り尚哉の顔に視線を注《そそ》ぎ、注意深く指を動かす。長い指が抵抗なく奥まで入ってきて、尚哉の唇から震えた息が漏れた。視線を合わせたままゆったりと指を動かされ、体が芯から熱くなる。

異物感はある。まったく痛くないと言ったら嘘だ。でもそんなものは問題にもならない。目の前に高峰がいる。自分しか見ていない。それだけで、胸の奥が絞《しぼ》られるように痛い。

「あ、あ……あ――……っ」

深々と埋められた指をぐるりと回され、奥を突かれて尚哉はのけ反る。

震える喉に高峰が唇を寄せてきて、中にある高峰の指を締めつけてしまった。ごつごつとした指の形までわかるようで小さく震えていると、喉元に触れていた高峰の唇が顎先に移動して、再び視線が交わった。

「……見えない。ぐずぐずだ」

先程の尚哉の問いに対する答えのようだ。

興奮のせいか、目の周りを赤く染めた高峰を見上げ、そうだろう、と尚哉も乱れた息の下で囁いた。どこをどう触られたって気持ちがいいのだ。相手が高峰であれば、それだけで胸の奥からひたひたと満ち足りた気持ちがしみだしてくる。

そうでなくとも、見たこともない興奮しきった顔を高峰に向けられると肌がざわめいた。高峰の息の荒さにつられるように、尚哉の呼吸も速く短くなる。

「あ、は……っ、は、ぁ……っ」

腰の奥に、蜜《みつ》のように重く粘度《ねんど》の高い熱が溜まっていく。繰り返し指を出し入れされると、本当に体の奥から蜜でも滴《したた》っているのではないかと勘違いしてしまうくらいの水音が立って、耳の端まで赤くなった。

赤く染まった尚哉の耳に唇を寄せ、高峰がひそひそと囁く。

「気持ちいいか？　全然抵抗ないぞ。ほら、もう二本だ」

吐息交じりの声が耳朶《じだ》を撫で、首筋から項《うなじ》にかけてぞくりと肌が粟立《あわだ》った。

こんなときに、自分は高峰の声も好きなのだなと思い知る。普段とは響きが違う低い声に心臓を摑まれて息が苦しい。これは駄目だ、と身をよじって高峰から顔を背《そむ》ければ、追いかけられてキスで唇を封じられた。

「ん……、ん、ぅ……っ……」

口の中を熱い舌でかき回されながら指を動かされ、思考が蕩《とろ》けた。

敏感な粘膜をこすられ、舐められ、嚙まれて押し広げられる。キスはともかく、指先で好き勝手されているそこすら痛くない。気持ちがいい。こんなの変だ、と涙目で思う。もがくように腕を伸ばして高峰の背中に爪を立てると、やっとキスから解放された。

「ほ、ほんとに……二本も入ってるのか……？」

体の輪郭《りんかく》が空気に溶けてしまったように曖昧《あいまい》で、自分の体なのにどうなっているのかよくわからない。高峰は尚哉の目尻に唇を寄せると、滲《にじ》んだ涙を吸い上げて小さく笑った。

「二本じゃない。今は三本」

愕然《がくぜん》と目を見開く尚哉を見下ろし、高峰は声を立てて笑った。

「本当に気がつかなかったのか。まさか今頃酔いが回ってきたんじゃないだろうな？　また寝落ちされたらさすがに揺さぶり起こすぞ」

「お……お前が悪い、キスでごまかすから……」

ごまかされるなよ、と笑って高峰がまたキスを仕掛けてくる。

自分の体はどうなっているのだろう。高峰の言う通りこの期《ご》に及んで酔いが回って痛覚が鈍《にぶ》ってしまったのだろうか。ここに来る前、有川とどれくらい飲んだのかもうよく覚えていない。タンパク質は取ったのに。水底から気泡《きほう》のように湧き上がる他愛もない思考は、高峰の指に奥を突かれて霧散《むさん》する。

「ん……っ、ん、ぁ、た、高峰……っ、もう……っ」

潤《うる》んだ粘膜を指の腹で押し上げられて、尚哉の爪先《つまさき》が丸まった。体の奥で、生温かい快感の波がぐらりと大きく動いたのがわかって必死で高峰の背中に縋りつく。

「お前もいい加減、それをどうにかしろ……！」

じたばたと足を動かせば、腿《もも》の辺りに高峰の屹立が触れた。そこはすっかり硬くなっていて、お返しとばかり手を伸ばそうとしたら直前で高峰に止められる。

「不用意に触るな。暴発したらどうする」

「それだけ切羽詰《せっぱつ》まってるなら先に進めばいいだろ！　お、俺ばっかりは、嫌だ……！」

すでに一度高峰の手で絶頂に至り、今は未知の快感にさらされ、尚哉は不安も露《あら》わに高峰の手を握りしめた。

高峰の左手を摑んで離さずにいると、手の甲に高峰の唇が押しつけられた。

「……いいんだな？」

低い声には余裕がない。視線を向けた先では、高峰が食い入るような目でこちらを見ている。

声を出そうとしたが腹に力が入らず、代わりに無言で頷いた。

高峰は枕元に放り出されていたゴムを手に取り、手早くつけて尚哉の脚を抱《かか》え直す。大きく脚を開かされ、窄まりに切っ先を押しつけられて、尚哉は背中を弓なりにした。

「あ、あ……っ、あ——……っ」

狭い場所を押し開かれる圧迫感に喉が締まった。息ができない。でも、高峰が奥歯を噛んで何かに耐えるような顔をしているのを見たら、自身の苦痛に構っている余裕などなくなった。

「高峰……、高……っ……」

名前を呼ぶと、眉をしかめた高峰がこちらを向いた。今にも食い掛ってきそうな顔で、なんとか理性の手綱《たづな》を握りしめているのが伝わってくるようだ。自分がそんな顔をさせているのだと思ったら、強張っていた体がまたどろどろと溶けていく。

「あ、ん、んん……っ！」

突き上げられ、固い屹立が奥まで押し入ってきて、とっさに唇を噛んだ。固く目を閉じて震えていると、引き結んだ唇に高峰のキスが降ってくる。おっかなびっくり目を開けたら、肩で息をする高峰と視線が交わった。

至近距離から尚哉の目を覗き込んで、高峰がゆっくりと瞬きをする。言葉以上にこちらを案じていることが伝わってくる眼差しだ。

子供の頃から変わらない。手をつけられない給食を前に尚哉が途方に暮れているときも、体育で貧血を起こしたときも、高峰はいつもこうやって尚哉の顔を覗き込んできた。

その目がどうやったら自分だけを見てくれるのか、橋を渡りながら何度も考えた。

長い片想いを思い返したら感極まって泣きそうになってしまい、尚哉は歪んだ顔を隠すように高峰の首に縋りつく。

「おい……っ、藤生、大丈夫か？」

尚哉が痛みに呻《うめ》いているとでも思ったのだろう。高峰が慌てたように尚哉の肩をさすってきて、見当違いな優しさにまた泣きたくなった。

高峰の首に回した腕を緩め、尚哉は涙目で高峰と視線を合わせた。

見ろ、と無言で促す。見ろ、俺は大丈夫そうに見えるか、全然大丈夫じゃないだろう。

「――……早く」

高峰の熱を深々と呑み込んだ部分が疼《うず》くようだ。焦れて爪先が暴れる。早く、ともう一度呟いて高峰の首の裏に爪を立てると、高峰の大きな手に腰を摑まれた。

痕がつくくらいの指の強さに息が震える。続けて容赦《ようしゃ》なく下から穿《うが》たれ、尚哉は爪先を突っ張らせた。

「あっ、あぁ……っ！」

体ごとぶつけるように尚哉を揺さぶりながら、高峰が口の中で低く悪態《あくたい》をついた。

「余裕なんてないんだぞ、手加減できなくなるだろうが……！」

ぶれる視界の中で見上げた高峰の顔は必死だ。なりふり構わず突き上げて、噛みつくように唇を奪ってくる高峰を見たら興奮で血が沸騰しそうになった。肉体の苦痛はとっくに蒸発して、ただ心臓が痛いほど胸を叩いている。

「あっ、あっ、あ……っ！　や、な、何……っ」

ふいに高峰が尚哉の性器を握り込んできて、背中をしならせると同時に中にいる高峰を強く締めつけてしまった。蕩けた肉が高峰を締め上げて、腹の底が甘く疼く。高峰も軽く目を眇《すが》め、

唇に微かな笑みを乗せた。

「こうした方が気持ちいいだろう？」

ゆるゆると手を動かされ、同時に腰を突き入れられて内腿に震えが走った。腰から背中の骨が溶けていくような錯覚に震え上がって、高峰の体の下で必死に首を振った。

「や、やだ、や、あっ、あぁ……っ」

「でも、こうされるの好きだったよな」

先端のくびれに指を這わされ喉がのけ反る。深く受け入れた高峰自身を何度も締めつけて体が跳ねた。痙攣《けいれん》したようにひくつく内壁を力強く穿たれ、硬くなった屹立を扱かれて、経験のない強烈な刺激に尚哉は全身を硬直させた。

「ひっ、ぁ……っ、あ、あぁ……っ！」

目の前が白《しら》むほどの快感に呑まれ、高峰の首にしがみついて絶頂を迎えた。

締めつけに呻きながらも、高峰は尚哉の内側を貪るように突き上げてきて、達したばかりの尚哉はほとんど泣きながらその熱を受け止めた。

数分後、尚哉は高峰の腕の中で「もう少し手心を加えてくれ」と泣きはらした顔で言うし、高峰は「手加減しなくていいって言ったのはお前だろう」と呆れ顔で返すことになるのだが、今はただ、高峰に抱きしめられてキスをされ、満ち足りた気持ちで尚哉は目を閉じたのだった。

年を取るにつれ体力が落ちていく自覚はあったが、徹夜をしたわけでもないのにこんなにも朝が辛いことがあるのかと、尚哉は目覚めとともに新鮮な知見《ちけん》を得た。

時刻はすでに正午を過ぎ、高峰の姿もベッドにない。

全身が筋肉痛になったような重だるさを感じつつ布団から出ると、先に起きていた高峰が朝食兼昼食を用意してくれていた。

テーブルに並べられたのは塩おにぎりと玉子焼き。どちらも高峰の手作りだ。

「これが料理教室に通った成果か」

いただきます、と両手を合わせてから玉子焼きを口に運んだ尚哉は「美味い」としみじみと呟く。向かいに座る高峰は「一回しか通ってないけどな」と苦笑を漏らした。

「もう教室には行かないのか？」

「ああ。最初は通うつもりでいたんだが、よく考えたら俺も料理の味や見た目には頓着《とんちゃく》しない方だし、行くだけ無駄かと思って入会は見合わせた」

高峰はどんな料理も残さず食べるし、文句も言わない。さほど料理に対する要求が高くないからだ。多少甘かろうと辛かろうと形が崩れていようと食べられれば問題ない、という大雑把《おおざっぱ》さなので、教室に通ったところで料理の上達は見込めないだろうと自ら結論を下《くだ》したようだ。

見た目にこだわらないだけあって、高峰の作ったおにぎりは大きさが不揃いで形も歪《いびつ》だ。

「三角というより、スライムのような形だな」

「何度練習しても不思議とこの形になる。玉子焼きも破れるし」

破れて焦げた玉子焼きを口に運び、尚哉はじっくりとそれを咀嚼《そしゃく》する。

自分もおにぎりを食べながらその姿を見ていた高峰が、窺うような声を出した。

「幻滅したか？　お前が思うほど俺は完璧じゃないぞ」

尚哉はきょとんとした顔で高峰を見返すと、砂糖しか入っていない甘い玉子焼きを飲み込んで、満面の笑みをこぼした。

「俺好みの完璧な食事を用意しておいて、謙遜《けんそん》が過ぎる」

高峰はおにぎりにかぶりつきかけていた動きを止め、呆れたような顔でこちらを見た。

「具のないおにぎりと焦げた玉子焼きだぞ。お前結局、俺が何をしても喜ぶんだな？」

そうだ、今更気づいたかと、尚哉は機嫌よく二切れ目の玉子焼きを口に放り込む。高峰が自分のために作ってくれたのだと思えばなんだって嬉しい。腹は減っていないが残すのは惜しくて、尚哉にしては珍しく寝起きから多めの食事を取った。

最後に高峰が「こんなもんしかなくて悪い」と言って出してくれたインスタントコーヒーを飲み、満たされた気分で息を吐く。それから不意に思い立ち、尚哉は高峰にこう宣言した。

「今度は俺が、高峰に朝食的なものを作ってやる」

唐突な発言に高峰は目を瞠《みは》り、ごくりと音を立ててコーヒーを飲み下した。

「食に関心のない藤生が作る料理か……」

「未知のものが出てくるかもしれないが、毒見は任せろ。高峰の好きなものだけ用意する」

好きなものを、好きなだけ。量も栄養バランスも度外視《どがいし》だ。休日の朝食くらいそんな食べ方をしたって罰《ばち》は当たるまい。

そうやって高峰が用意してくれた料理が本当に嬉しかったから、今度は自分が用意したい。今、自分が地に足がつかないほど浮かれているように、高峰も喜んでくれたらいいと思う。

「何が出てくるんだろうな」と半分怖がるような顔で笑う高峰に、尚哉は力強く言う。

「事前に練習しておく。もしかするとこれがきっかけで料理上手になるかもしれない」

「それはなさそうだが」

「わかんないだろ、俺とお前が恋人同士になったくらいだぞ」

それに比べたら、小食で偏食で食べることに対する興味が希薄な尚哉が料理上手になったって何も不思議ではない。

実行に移さず終われば後悔することは嫌というほど理解した。だったら高峰と一緒にいられる間にやりたいことは全部やろう。恋のイロハは知らないが、ぎこちないながらも手をつないで、キスをして、こんな休日は二人分の料理を用意するのだ。

「何が食べたい？」

勢い込んで尋ねれば、高峰がおかしくて仕方ないと言いたげに肩を震わせた。

「そんなもん、今更訊くまでもないだろう」

お前が作ってくれるものならなんだっていいよと、二人してすっかり空にした皿を前に高峰は笑った。

あとがき

AFTERWORD

―海野幸―


お酒を飲むときは積極的にタンパク質をとっている海野《うみの》です、こんにちは。

あんまりお酒に強くないのでベロベロに酔わないために、そして二日酔い予防のためにタンパク質は欠かせません。

つまみはお手軽にチーズを食べることが多いです。あとは油揚《あぶらあ》げにマヨネーズを塗って、しらすとチーズを載せてオーブントースターで焼いたおつまみもよく作ります。簡単で美味《おい》しく、タンパク質もとれるのでお勧めです。

実際にタンパク質をとりながら飲むと酔いにくくなったり、二日酔いしにくくなるの？　と問われると、実はあまりよくわからなかったりするのですが、半分はお守りのような気持ちで実践しています。

と思っていたのですが、最近知人からこんな報告が。近頃スポーツジムに通い始めた知人は日常的にプロテインをとるようになったそうですが、そうしたらお酒を飲んでも顔が赤くなりにくくなったとのこと。実際に見せてもらったら本当に顔が赤くなってない……！　お酒を飲むとすぐ顔に出るタイプだったのに！

タンパク質をとると酔いにくくなる説に俄然信憑性《がぜんしんぴょうせい》が出てきたので、今日もチーズを食べながらお酒を飲んでおります。下手に炭水化物を食べるとお腹がいっぱいになってしまいあまりお酒が飲めなくなるので、チーズとかサラミくらいがちょうどいいのです。私は今作の受と違って小食ではありませんが、「飯を食うと酒が入らなくなる」というセリフだけは共感できる部分であります。

そんなこんなで今回は、好きなものから距離を置こうとする二人のお話でしたが、いかがでしたでしょうか。

ダイエットを始めた矢先に美味しいお菓子をもらってしまうような、嬉しいけど間の悪いことは日常でも多々ありますよね。前半の受はまさにそんな感じで、押して駄目だったから身を引こうとしたら相手の方からぐいぐい来るようになった、という、嬉しいけれど苦しい状況に陥《おちい》っております。ままならない受の葛藤《かっとう》を楽しんでいただけましたら幸いです。

イラストは陵《みささぎ》クミコ先生に担当していただきました。イケメンなのに言動の端々《はしばし》が格好つかない尚哉《なおや》も、仏頂面《ぶっちょうづら》だけど男前な高峰《たかみね》も素晴らしいですね！　私は仏頂面の攻が大好きなので本当に眼福《がんぷく》でした。素敵なイラストをありがとうございました！

そして末尾《まつび》になりますが、この本を手に取ってくださった読者の皆様にも御礼申し上げます。

こうしてまた新しいお話をお届けできて本当に嬉しいです！

それでは、またどこかでお目にかかれることを祈って。

海野《うみの》 幸《さち》

この本を読んでのご意見、ご感想などをお寄せください。
海野 幸先生・陵クミコ先生へのはげましのおたよりもお待ちしております。

〒113-0024　東京都文京区西片2-19-18　新書館
[編集部へのご意見・ご感想] ディアプラス編集部「諦めきれない恋の橋」係
[先生方へのおたより] ディアプラス編集部気付 ○○先生

- 初出 -
諦めきれない恋の橋：小説ディアプラス21年ハル号（Vol.81）
完璧な恋人の朝ごはん：書き下ろし

[あきらめきれないこいのはし]
諦めきれない恋の橋

著者：海野 幸 うみの・さち

初版発行：2022 年 6 月 25 日

発行所：株式会社 新書館
[編集] 〒113-0024
東京都文京区西片2-19-18　電話（03）3811-2631
[営業] 〒174-0043
東京都板橋区坂下1-22-14　電話（03）5970-3840
[URL] https://www.shinshokan.co.jp/

印刷・製本：株式会社 光邦

ISBN978-4-403-52552-0 ©Sachi UMINO 2022 Printed in Japan